CHICO SANTA RITA E FERNANDA ZUCCARO

De como Aécio & Marina ajudaram a eleger Dilma

Análises diárias do andamento da campanha eleitoral de 2014 mostram que a prática de um *marketing* político equivocado contribuiu – e muito! – para a reeleição da presidente.

Copyright © 2015 by Chico Santa Rita e Fernanda Zuccaro

1ª edição — Agosto de 2015

Grafia atualizada segundo o Acordo Ortográfico da Língua Portuguesa de 1990,
que entrou em vigor no Brasil em 2009

Editor e Publisher
Luiz Fernando Emediato

Diretora Editorial
Fernanda Emediato

Assistente Editorial
Adriana Carvalho

Capa
Raul Fernandes

Projeto Gráfico e Diagramação
Futura

Preparação de Texto
Josias Andrade

Revisão
Marcia Benjamim e Daniela Nogueira

DADOS INTERNACIONAIS DE CATALOGAÇÃO NA PUBLICAÇÃO (CIP)
(Câmara Brasileira do Livro, SP, Brasil)

Santa Rita, Chico
    De como Aécio e Marina ajudaram a eleger Dilma /
Chico Santa Rita, Fernanda Zuccaro. --
São Paulo: Geração Editorial, 2015. --

Bibliografia
ISBN 978-85-8130-324-6

    1. Brasil – Política e governo 2. Campanhas eleitorais – Brasil
3. Comunicação na política – Brasil 4. Eleições – Brasil
5. Eleições – Brasil – Marketing I. Zuccaro, Fernanda. II. Título.

15-05499   CDD-324.70981
Índices para catálogo sistemático:
1. Brasil : Campanhas eleitorais : Ciência política 324.70981
2. Brasil : Marketing eleitoral : Ciência política 324.70981

GERAÇÃO EDITORIAL

Rua Gomes Freire, 225 – Lapa
CEP: 05075-010 – São Paulo – SP
Telefax: (+ 55 11) 3256-4444
E-mail: geracaoeditorial@geracaoeditorial.com.br
www.geracaoeditorial.com.br

2015
Impresso no Brasil
Printed in Brazil

Para
Sônia e José Zuccaro,
que contribuíram essencialmente
para a formação moral e intelectual
de Fernanda.

Para os profissionais
de *Marketing* Político que trabalham
direito e assim contribuem para
o reconhecimento da importância
dessa atividade, tantas vezes incompreendida.

Sumário

Apresentação 7

Capítulo 1: O quadro político, antes da campanha eleitoral 11
Capítulo 2: O acompanhamento diário da comunicação –
primeiro turno... 31
Capítulo 3: O debate que decidiu o primeiro turno 75
Capítulo 4: Segundo turno: Os erros de Aécio se agravam 79
Capítulo 5: O desempenho dos candidatos, em números 119

Apêndices do texto:
Lula/2002: esperança e decepção 129
O *marketing* político desvirtuado.. 133
2010: A tentativa de ajudar Marina 141
Eleição 2006: A inevitável derrota de Alckmin 151
A trilogia das batalhas eleitorais.. 157

Apresentação

Como nosso escritório não estava contratado por nenhuma campanha presidencial na eleição de 2014, pudemos fazer uma avaliação sistematizada do *marketing* político, da comunicação e dos encaminhamentos que eram, dia a dia, aplicados nas campanhas principais: Dilma, Aécio, Eduardo Campos/Marina.

Dessa forma atendíamos, também, os incontáveis pedidos de opinião feitos por clientes, amigos e colaboradores associados de todo o Brasil. Só ao final do processo, percebemos que o conjunto das nossas análises diárias formava um documento importante, pois catalogava tudo o que nos parecia correto, bem como todos os equívocos (e até erros grosseiros) que as campanhas apresentavam.

Não se trata de um trabalho oportunista, comentando fatos acontecidos anteriormente. (É fácil, mas também soa falso, dizer que o ocorrido é positivo, ou negativo, depois que se sabe as consequências dele.) Os textos dessas observações – que estão reproduzidos aqui – acompanharam o desempenho dos candidatos e das campanhas, no dia a dia do desenvolvimento delas, por meio dos debates, comerciais e programas de TV.

As inserções de comerciais são torpedos esparsos durante todo o dia na programação das emissoras de TV: são importantes, porque atingem o eleitor desprevenido. Os debates mostram um confronto direto, mas são episódicos – três ou quatro, alguns com baixa audiência,

| De como Aécio & Marina ajudaram a eleger Dilma |

durante toda a campanha. É nos programas do Horário Político Eleitoral que aparece toda a essência do *marketing* político utilizado na comunicação das campanhas. Aqui o eleitor vê e analisa o desempenho das candidaturas diariamente, com uma atenção que vai crescendo à medida que o dia da votação vai se aproximando.

Pesquisa DataFolha, realizada em 28 e 29 de agosto, mostrou que para 63% dos eleitores o Horário Eleitoral Gratuito é "muito importante" ou "um pouco importante".

Já o Ibope acusou uma audiência de 29 pontos na Grande São Paulo, horário noturno, na soma de todas as emissoras, no dia 11 de setembro, exatamente no meio do período de propaganda, quando a audiência é sempre mais baixa. No início dessas apresentações diárias o interesse (e a audiência) é grande; depois começa a diminuir até que, nos últimos dias, já bem perto da eleição, atinge seu ponto máximo.

E o Horário Eleitoral também é o ponto de irradiação para as outras mídias: rádio, internet, materiais impressos, mobilização de rua etc.

Por isso nossos comentários – **resenhas** – foram escritos considerando o conjunto da comunicação das campanhas, a partir dos programas do Horário Eleitoral, no momento seguinte das aparições deles no ar, no máximo com algumas horas de defasagem. Eles estão gravados no facebook/chicosantarita, com o dia e a hora em que foram postados.

É importante reconhecer que, nesse material, aparece com transparência nossa preferência pessoal pelos candidatos da oposição. Mas não deixamos, em momento algum, que isso perturbasse e/ou maculasse nossa análise profissional e técnica.

Esse estudo acabou demonstrando, em detalhes, como o *marketing* político desses oposicionistas (Aécio e Marina) foi deficiente perante a eficiência profissional que levou Dilma à vitória. Prova cabal disso está nos números das pesquisas: os dois começaram na frente. No primeiro turno, início da propaganda eleitoral, a DataFolha (14 e 15 de agosto) simulou o que aconteceria no segundo turno, com as candidatas que lideravam a disputa. Resultado:

Marina   47%
Dilma   43%

Ao se iniciar a propaganda do segundo turno a DataFolha (8 e 9 de outubro) apresentou a seguinte situação:

Aécio   46%
Dilma   44%

Começaram na frente e foram perdendo terreno, quando a propaganda eleitoral atingiu o seu ápice.

É certo que muitas vezes a candidata-presidente escorregou pelos desvãos de exageros, mentiras e até deturpações criminosas dos acontecimentos. Em menor escala, também ocorreram desvios de conduta na campanha tucana. Nesses casos também analisávamos a forma equivocada como os adversários se conduziam para enfrentar essas situações.

Não se pode simplesmente culpar o "marqueteiro" por esses abusos. Não é bem assim. É verdade que ele e sua equipe escrevem os textos. Mas é o(a) candidato(a) quem os aprova e, no final, é ele(a) o(a) responsável pelo que diz. Ninguém melhor do que ele(a) sabe se aquilo é verdade. Ou é distorção dos fatos. Ou é simples aberração.

É condenável que a moral e a ética tenham sido deixadas de lado. Mas tem-se que reconhecer que, do ponto de vista técnico, a campanha petista praticou um *marketing* político mais competente.

CAPÍTULO 1
O quadro político, antes da campanha eleitoral

"Uma boa campanha começa com um bom candidato."
(Chico Santa Rita em *Batalhas eleitorais*/2001 – página 230)

Desde o início de 2014, com a consolidação das candidaturas, sentimos que havia um sentimento popular nascente, com quantidades significativas de eleitores ansiando por uma certa renovação. As mesmas pesquisas, que davam a liderança numérica de Dilma, também indicavam que o governo era mal avaliado em praticamente todos os setores.

A avaliação setorial da pesquisa **CNI/Ibope** de 18 de novembro de 2013 mostra uma enxurrada de "Desaprova", enquanto a aprovação do governo federal (Ótimo + Bom) somava 43%, um índice preocupante para a campanha petista.

Avaliação Setorial da Pesquisa CNI/Ibope 18/11/2013	Aprova	Desaprova
Educação	39%	58%
Saúde	26%	72%
Segurança	27%	70%
Combate à pobreza	53%	45%
Combate ao desemprego	47%	49%
Meio ambiente	47%	47%
Impostos	24%	71%
Combate à inflação	31%	63%
Taxa de juros	28%	65%

Essa desaprovação certamente contribuiria para estancar um provável crescimento da candidatura petista, desde que fosse corretamente apresentada pelos opositores. A própria aprovação do governo (43%) mostrava-se insuficiente para garantir a reeleição. Mas entendíamos que o PT lutaria com todas as forças, até jogar bruto, para se manter no poder.

Com as manifestações populares de junho de 2013, a avaliação positiva (Ótimo/Bom) do governo Dilma caiu de índices acima de 60%, para o patamar de 30%. Aí se manteve até o final do ano.

Em 2014, na fase pré-eleitoral, ficou sempre entre 30% e 40%. Uma leve subida deu-se exatamente sob os efeitos da campanha de propaganda no rádio e na TV, mesmo assim atingindo um máximo de 43%. **(Veja gráfico completo na página 121.)**

É um dos preceitos básicos do *marketing* político, que um candidato que está no governo, para ter uma reeleição tranquila, precisa ter sua avaliação positiva acima de 50%. Isso porque a opinião pública se forma a partir daquilo que aconteceu no governo anterior. Se esse candidato não fez um bom governo será difícil convencer os eleitores de que a próxima gestão será diferente.

(Algumas vezes surgem análises somando o "Regular", diretamente ou dentro de uma proporcionalidade. As duas formas são incorretas, pois os estudos qualitativos mostram que nesse item se colocam majoritariamente eleitores que, ao se aprofundar a discussão, acabam revelando sua desaprovação.)

O candidato que se apresenta pela primeira vez pode apresentar uma ideia, um plano ou um sonho daquilo que será o seu governo futuro. O candidato à reeleição só tem a apresentar uma realidade.

Por que, então, a eleição presidencial de 2014 contrariou esse preceito, elegendo-se uma candidata que não tinha avaliação suficiente para justificar sua volta ao poder?

De um lado, porque o *marketing* da campanha do PT, certamente entendendo o problema, soube mostrar a candidata quase como uma novidade, uma mudança. O próprio *slogan* da campanha dizia isso, claramente: "Mais mudanças; mais futuro".

A candidata fazia sutilmente um reconhecimento de que havia muitas situações a serem melhoradas. E se colocava como a alternativa melhor para desempenhar esse papel, muitas vezes passando por cima da verdade, muitas vezes deturpando a realidade. E sempre ignorando que, independentemente de qualquer ação governamental recente, o crescimento econômico e social do país acompanhou tendências mundiais e foi alicerçado a partir de providências tomadas por governos anteriores. Os temas principais eram encaminhados assim:

- Infraestrutura? Estamos fazendo muito e vamos construir muito mais.
- Benefícios sociais? Ampliamos o leque, os programas correm risco, caso não continuemos no governo.
- Atendimento à população (saúde, educação, habitação etc.)? Nunca se fez tanto e vamos fazer muito mais.
- Inflação? Está sob controle.
- Corrupção? Somos contra. Somos nós e a nossa polícia que estamos debelando o problema.

As campanhas adversárias não conseguiram desmontar essa gigantesca armação e, por outro lado, também não apresentaram à população uma alternativa de governo consistente.

Marina – sua aversão ao *marketing* político permite que faça campanhas eleitorais sem rumo, sem consistência, sem sequer entender quem é e como pensa o eleitor. Seu discurso atinge apenas o seu próprio mundo, as pessoas que, de algum modo pensam parecido com ela. Foi assim em 2010, continuou assim em 2014.

Aécio – Em princípio mostrava ser um ótimo candidato, com totais condições de enfrentar as agruras de uma campanha presidencial:
- tem história atávica, desde jovem participou de importantes decisões políticas, ao lado do avô Tancredo Neves;
- construiu sua própria história, com um currículo consistente como deputado federal, presidente da Câmara dos Deputados, governador de um estado importante, senador;
- testou sua excepcional capacidade de articulação pacificando o PSDB, dividido entre a candidatura dele e a de José Serra;
- construiu pontes importantes com lideranças regionais;
- tem boa presença física;
- posicionou-se politicamente dentro de uma grande demanda da população que pedia "mudanças".

Envolvido em tamanha empreitada talvez não tenha percebido que nessa receita política palatável faltava um ingrediente essencial: o sal do *marketing* político capaz de fazer, com competência, a comunicação que massificasse seu perfil e suas ideias.

Pois não basta simplesmente falar em "mudança". Tem que provar que isso é necessário, como isso será feito e como a população vai se beneficiar com isso. E o candidato tem, também, que se mostrar capaz de personificar o sentimento da "mudança".

Dilma sobreviveu, apesar de ser uma governante com avaliação deficiente. A maioria da população avaliou que era mais seguro ficar com aquilo que conhecia, do que arriscar uma "mudança" que não se corporificou.

Também era importante observar uma mutação ocorrendo na forma do eleitor escolher o candidato merecedor do seu voto. Em entrevista à rádio CBN (03/05/14), Chico Santa Rita explicou que "a população vem melhorando a qualidade do seu voto na eleição majoritária": pensa mais, observa melhor, demora mais para decidir.

Alguns dias depois, o presidente do Ibope, Carlos Augusto Montenegro, em entrevista ao jornal *O Estado de S. Paulo*, corroborou com essa afirmação: "houve uma evolução do eleitor brasileiro (...) enquanto o político brasileiro parou no tempo". E foi mais além: "acho que esta é a eleição mais difícil da história do Ibope (...) pela leitura das pesquisas hoje, quem é o grande ganhador da eleição? Ninguém. Está cada vez maior a fatia de branco, nulo, indeciso".

Ou seja, uma eleição em aberto, menos de seis meses antes da votação, com uma candidatura para reeleição de um governo com índices de aprovação muito precários. Um cenário que nunca tinha sido tão favorável à oposição.

***

Imaginávamos, desde o início do ano, que Aécio e Eduardo Campos iriam dividir os votos oposicionistas, facilitando a continuidade do governo atual. Por isso pensamos em lançar uma campanha alternativa com um mote instigante:

"VOTE EM QUEM TIVER MAIS CONDIÇÃO PARA DERROTAR O PT"

Nada pessoal contra o partido. Chico Santa Rita ajudou a derrotar Lula em 1989, mas quando o candidato foi eleito em 2002, manifestou publicamente sua esperança de ver um governo com ética que pudesse implementar uma política de desenvolvimento e de progresso para todos. **(Veja o texto do livro *Novas batalhas eleitorais* na página 129.)**

Depois vieram o "mensalão", outros desacertos e, por fim, os desastres do governo Dilma, intensificando o aparelhamento da máquina

| De como Aécio & Marina ajudaram a eleger Dilma |

pública, acompanhado pela corrupção desenfreada, em todos os níveis de governo – tudo isso nos incomodava profundamente.

Assim é que passamos da contemplação à ação. Em 9 de maio de 2011 começamos a postar no *twitter* o "ESCÂNDALO DO DIA" – um registro diário dos desvios de dinheiro público e assaltos ao bolso e à consciência dos brasileiros. Estávamos preparados para, se algum dia não houvesse algum caso escabroso para ser descrito, fazer uma aleluia: graças ao bom Deus hoje não temos nenhum escândalo a descrever!

Mas qual? Denúncias de licitações fraudadas na Petrobras (sim, já havia!), ministro envolvido com caseiro, obras superfaturadas da Copa, propinas em ministérios... assunto é o que não faltava.

Depois de 100 dias resolvemos parar, pois conviver diariamente com aquela nojeira, chafurdando no lixo da corrupção desenfreada vinha fazendo mal para a nossa saúde física e mental. Afinal, nossos *posts* apontavam as denúncias de corrupção existente nas pequenas prefeituras do interior, atingindo até os mais altos escalões da República. (A relação completa dos escândalos está no twitter/chicosantarita.com.br.)

Cem deles foram noticiados e ainda sobraram na gaveta mais de duas dezenas de casos, pois em vários dias havia mais de um acontecendo, e muitos deles puxavam um fio que levava a outros mais.

Já raiavam no horizonte as complicações petroleiras, a análise imparcial das pesquisas indicava dificuldades, mas a arrogância petista chegava a tripudiar sobre o bom senso, como na entrevista do marqueteiro do PT, João Santana, à revista *Época*, um ano antes da eleição, em que ele pontificava: "Dilma ganhará no primeiro turno, em 2014, porque ocorrerá uma antropofagia de anões. Eles vão se comer, lá embaixo, e ela, sobranceira, planará no Olimpo".

Fui entrevistado pela mesma revista (maio/2014) e, colocado diante dessa declaração, respondi: "Quando li a previsão de Santana naquele momento, sabia que ele estava errado. Em primeiro lugar, isso que ele fez não é *marketing* político, está mais para pitonisa ou exercício de adivinhação. Condeno atitudes como essa, porque isso é vender ilusão, e o *marketing* político não se deve prestar a isso, a enganar as pessoas. As pesquisas, desde aquele momento, em outubro do ano passado, mostram que a quantidade de eleitores indecisos ainda é grande, que muitos querem mudanças. Mostram que o governo não é tão bem avaliado quanto eles imaginaram. Quando você é candidato do governo, caso de Dilma, o eleitor só quer saber se a gestão dela é boa ou ruim, e o atual mandato de Dilma está longe de ser bom. Portanto, avalio que o PT tem muito com que se preocupar nas próximas eleições, seja com Dilma ou até mesmo com o ex-presidente Lula como candidato".

Como cidadãos partícipes do processo político brasileiro, estávamos convencidos de que era hora de mudar. E assim partimos para assumir alguma posição, tomar uma iniciativa. Por isso criamos o *slogan* "VOTE PARA DERROTAR O PT" – que não chegou a ser veiculado, mas foi mencionado na citada entrevista para a *Época*. **(Veja o texto completo na página 133.)**

Em paralelo, estávamos avaliando convites para dirigir campanhas de governador em alguns estados e no Distrito Federal. Aqui, o candidato Luiz Pitiman, do PSDB, se mostrava aparentemente viável. O panorama eleitoral mostrava Agnelo Queiroz (PT), candidato à reeleição, enfraquecido por uma gestão calamitosa. E seu principal adversário, José Roberto Arruda (PR), em complicada espera de decisões da Justiça Eleitoral e desgastado pela imagem de TV recebendo maços de dinheiro.

No cenário nacional, Eduardo Campos tinha se unido a Marina e isso nos parecia "um encontro de contrários", políticos de comportamento muito distinto, com pouquíssima afinidade ideológica, se juntando num tipo de oportunismo eleitoral.

| De como Aécio & Marina ajudaram a eleger Dilma |

Por outro lado, imaginávamos que nossa presença em Brasília também poderia abrir a possibilidade de colaborar com a campanha de Aécio que, nesse momento, se mostrava melhor posicionada como oposição ao *status quo* petista.

Em março, durante nossa negociação com o PSDB brasiliense, foram ao ar os comerciais nacionais do partido. Assistimos a uma dessas peças com muito espanto e preocupação: toda a cena de trinta segundos se desenvolvia em torno de um copo de água, com uma voz em *off* pontuando informações. Vale a pena lembrar essa estranha inserção que foi ao ar no horário nobre, em todas as TVs de todo o Brasil.

Comercial Gota d'água – 30"

IMAGEM	TEXTO
Meio copo, cai um pingo na água	Inflação demais
Copo por inteiro	Saúde de menos
Super *close* do pingo	Corrupção demais
Meio copo	Segurança de menos
Copo por inteiro	Impostos demais
A água revolta em *close*	Educação de menos
Meio copo	Já deu!
Repete imagem – Assina "PSDB"	Ou a gente para isso, ou isso para o Brasil

Nossa experiência mostra que isso não é *marketing* político, é uma simples comunicação publicitária de difícil entendimento pela maioria do povo brasileiro. Muitas ideias despejadas em muito pouco tempo, hermético, sem uma mensagem direta objetiva e construtiva.

Costumamos sempre dizer que as classes sociais de maior renda e instrução contemplam pessoas de "cabeça-feita" – não é preciso se preocupar demais com elas.

A comunicação política tem que se preocupar é com o seu José e a dona Maria que moram nos bairros periféricos das grandes cidades e nos rincões escondidos deste imenso Brasil. Se ela conseguir falar e ser entendida por eles, estará falando e sendo entendida por todos.

Naquele momento nossa conclusão foi direta, acompanhada de uma pergunta:

— Estão jogando fora um precioso tempo de televisão! Em que esse comercial ajuda, nesse início de campanha do Aécio?

Em maio, dois meses depois, o partido tinha direito à veiculação de quarenta comerciais estaduais, que também deveriam ajudar a campanha nacional. A direção partidária determinou que dezesseis deles promoveriam a campanha presidencial de Aécio, em todo o Brasil. Decisão correta, não fosse a forma prática como isso se desenvolveu.

Em Brasília definimos que uma boa estratégia seria produzir um material em conjunto, beneficiando a ambos os candidatos. Isso aumentaria o tempo de exposição do candidato a presidente e daria suporte ao candidato a governador, que era pouco conhecido, os dois juntos, falando de Brasília e do Brasil.

A partir de uma concordância inicial das partes, preparamos a gravação. Ao chegar ao estúdio improvisado, Aécio foi muito efusivo conosco, pois já conhecia Chico Santa Rita pessoalmente. Na eleição municipal de 2008, como governador do estado, tinha ido algumas vezes a Uberlândia (segunda maior cidade de Minas Gerais), gravar apoios para o candidato: o prefeito Odelmo Leão, cuja campanha de reeleição foi coordenada pela nossa empresa..

Um ano antes, o prefeito Odelmo iniciara a caminhada com pesquisas desfavoráveis, indicando até a provável vitória do seu adversário, candidato do PT. Mas o andamento da eleição virou e acabou ganhando no primeiro turno, com quase 60% dos votos válidos.

Era mais uma, entre as dezoito vitórias seguidas que alcançamos em confrontos diretos contra candidatos majoritários do PT. O apoio de Aécio teve importância, porque foi colocado num conjunto de ações corretamente executadas.

Pouco depois, em maio de 2013, a própria Fernanda Zuccaro se encontrou com Aécio na saída do velório de Roberto Civita, presidente do Grupo Abril. Entregou a ele um cartão da nossa empresa e insistiu:

— Você devia pelo menos falar com o Chico. Ele quer ajudá-lo!

Agora, no encontro de trabalho em Brasília, às vésperas de se iniciar a campanha, Chico Santa Rita foi muito enfático com o senador-candidato dizendo que estava disposto a AJUDAR (a expressão foi muito bem frisada) no que fosse preciso na campanha dele, por uma razão fundamental: queríamos dar uma contribuição cívica/patriótica ao Brasil, ajudando a tirar o PT e os petistas do poder.

Mensagem passada, vamos à gravação: o texto que criamos, com ligeiras mudanças pontuais do candidato mineiro, ficou assim:

Comercial Aécio/Pitiman – 30"

<u>AÉCIO</u> O PSDB vem se renovando em todo o Brasil, para fazer as mudanças que o país precisa e exige. E aqui em Brasília, Pitiman, precisamos mais do que nunca de um governo onde ética e eficiência possam caminhar juntos.

PITIMAN Verdade, Aécio. A população daqui quer ser ouvida. E quer novas ideias e soluções reais para os problemas que estão se eternizando. É hora de mudar de verdade.

ASSINATURA PSDB, juntos por Brasília, juntos pelo Brasil.

A opinião geral foi que a gravação ficou muito boa, com os dois candidatos olhando ora para o telespectador, ora um para o outro, com naturalidade.

De todo modo, como tínhamos em andamento uma pesquisa qualitativa, com grupos de discussão já formados, colocamos o comercial editado para ser avaliado. O resultado final foi animador: segundo a análise das pessoas, em três grupos de discussão, os candidatos passavam naturalidade, confiança, segurança. Em síntese, a "conversa" entre os dois foi aprovada.

Comunicamos o fato à Coordenação Nacional de *Marketing* e Comunicação da campanha do PSDB, mas para nosso espanto (e desencanto), direto de Belo Horizonte veio o édito, exigindo que fosse ao ar, em Brasília o comercial "Gota d'água".

Tentamos argumentar, explicando que tínhamos um comercial com os dois candidatos, com Aécio bem apresentado, falando direto para os brasilienses. E aprovado por pesquisa qualitativa feita *in loco*.

Mas a senhora Bruna Pinheiro, que se apresentou como responsável pela mídia da campanha, foi definitiva ao telefone:

- O comercial "Gota d'água" foi avaliado por nós, é importante ir ao ar aí...

... É uma ordem do Paulo.

E ponto-final. Paulo Vasconcelos era o marqueteiro da campanha aecista.

Assim foi feito e percebemos, naquele momento, que a possibilidade de AJUDAR Aécio era absolutamente nula.

Como temos boas relações com políticos próximos do candidato, Fernanda Zuccaro insistiu que esses contatos fossem estabelecidos. Chico foi definitivo:

– Já falei tudo o que devia ser falado. Só nos resta ficar torcendo para a candidatura dele dar certo.

Mas, acompanhando a história das eleições passadas, concluímos que, pela quarta vez consecutiva, o PSDB se encaminhava para a batalha eleitoral, sem um *marketing* político consistente, capaz de se antecipar aos perigos, capaz de enfrentar com segurança os solavancos das acusações e das mentiras, capaz de montar uma estratégia inteligente e navegar com ela corrigindo a rota de acordo com o andamento das campanhas: a própria e as adversárias.

Os equívocos tucanos no entendimento da aplicação de ferramentas adequadas de comunicação já tinham sido apontados por mim no artigo "Em defesa do *Marketing* Político" (novembro 2012, portal "Observador Político" do iFHC), no qual comenta bravatas de João Santana, marqueteiro do PT, e visões estratégicas equivocadas de Tasso Jereissati, presidente do Instituto Teotônio Vilela, organismo de estudos políticos do tucanato. O ex-governador cearense chega ao absurdo de comparar o profissional da área a um simples empacotador de embrulhos para presente. A íntegra do artigo:

Em defesa do *marketing* político

A atividade do *marketing* político, tantas vezes incompreendida, mais uma vez foi maltratada nas declarações de João Santana, o chamado "marqueteiro do PT", publicadas no início desta semana. Entre outras bravatas, ele garante que Dilma será reeleita no primeiro turno, lança Lula candidato ao governo de São Paulo e Haddad para presidente da República em 2022 ou 2026.

Com a experiência de ter atuado em mais de 100 campanhas majoritárias, posso garantir que no *Marketing* Político não cabe essa futurologia, onde se permite prever candidaturas e resultados de eleições, ainda mais com décadas de antecedência. Também não deve estar a serviço de partidos e personalidades, dando suporte ao lançamento de candidaturas antecipadas, como menino de recados. Pior: menosprezando o desempenho de possíveis adversários, como Aécio Neves, Eduardo Campos e Joaquim Barbosa, relator do projeto do "mensalão" que, segundo ele, foi "o maior reality *show* da história jurídica do planeta".

São pensamentos e atitudes como essas que ajudam a deformar o entendimento do que é e de como funciona esse trabalho que já tem um reconhecimento de seriedade em países onde é corretamente utilizado, principalmente nos Estados Unidos, onde prevalece a atuação de profissionais sérios, que trabalham em agências especializadas no assunto.

A entrevista só ganha contornos técnicos relevantes, quando de passagem explica as estratégias de *Marketing* Político usadas – corretamente, aliás — para transformar o "poste" Haddad em prefeito de São Paulo. O candidato primeiro teve que ganhar musculatura pessoal/eleitoral, para só depois entrar na briga direta com os adversários. É um feito e tanto, mas que também contou com a ajuda da campanha inconsistente de Russomano e das táticas erráticas de Serra – ambas candidaturas vitimadas pela falta de aplicação de um *Marketing* Político adequado. No final, os "postes" eram outros.

Tem sido uma sina do PSDB fazer mau uso dessa ferramenta essencial em qualquer campanha eleitoral que se preze, confundindo esmeradas produções de TV, com estratégias políticas.

Há dois anos, após a derrota para o "poste" Dilma, o presidente do Instituto Teotônio Vilela (organismo de estudos e formação política do partido) ex-senador Tasso Jereissati justificou criticando o que chamou de *"excesso de poderes"* dados aos marqueteiros. E foi além: *"quem tem que decidir estratégia política é o partido. Marqueteiro tem que escolher se embrulha essa estratégia num papel azul, ou cor-de-rosa, tem que definir a forma desse conteúdo".*

Estratégia realmente é a principal ferramenta do *marketing* político, pois vai orientar o conjunto de ações publicitárias, jornalísticas, promocionais e logísticas a serem usadas.

Mas não é para ser embrulhada em papel colorido, pois aí a campanha corre o risco de virar... um papelão.

Um ano antes da eleição, CSR escreveu novo artigo — "O PSDB precisa de um projeto eleitoral" — publicado no jornal *DCI*, de São Paulo; na revista *Congresso Nacional*, de Brasília e reproduzido pelo portal "Observador Político", do iFHC. No texto, ele aponta as falhas das três campanhas presidenciais anteriores e alerta: "É preciso começar logo, para não ocorrerem as soluções prejudicadas pelo afogadilho da campanha, nas imediações do momento eleitoral". Leia a íntegra do artigo:

O PSDB precisa de um projeto eleitoral

José Serra afirma que antecipar o debate "atrapalha e desorganiza a oposição", em resposta dissimulada à entrevista na qual Aécio Neves afirmou que enfrentaria Lula ou Dilma, tanto faz. O paulista mais uma vez mostra que é muito turrão, cabeça dura, ou que não entendeu nada das sinalizações que vieram nas últimas três eleições presidenciais.

Sem defender, nem atacar este ou aquele, o fato é que o PSDB precisa começar a pensar na próxima eleição, para não mais se apresentar aos eleitores sem a presença de um programa político embasando um projeto eleitoral. Ou vice-versa.

Em 2002, candidato de um governo que trabalhou com seriedade, estabilizou a economia e implementou importantes conquistas sociais, Serra preferiu ir pelo caminho saltitante de uma campanha superproduzida visualmente, onde trabalhadores/atores brandiam carteiras de trabalho como se fossem estandartes de porta-bandeira. Ao invés de *Marketing* Político (que coloca as discussões políticas em primeiro plano), optou-se pela produção de *show*s muito bonitos, mas eleitoralmente ineficientes.

Quatro anos depois, a candidatura peessedebista de Alckmin deixou passar em branco os efeitos do mensalão recente, para se fixar no obrismo que o ex-governador ostentava em São Paulo. O mote recorrente era corrupção e moralidade pública, para operarem uma boa administração. E não o simples "fazer" tão caro a governantes tipo Maluf. Deu no que deu, com o candidato tucano batendo recorde difícil de ser superado: no segundo turno conseguiu ter menos votos do que no primeiro.

| De como Aécio & Marina ajudaram a eleger Dilma |

Serra voltou candidato em 2010 cometendo erros novos, mas não menos importantes como candidato fadado à derrota. Na largada do ano eleitoral declarou enfaticamente que não era "o chefe da oposição". Perguntei-me no *blog* quem seria esse comandante, se não o próprio candidato... da oposição? Depois veio a trapalhada da escolha do vice, que para agravar culminou mal escolhido. A campanha ora insinuava ser uma continuidade "inteligente", ora partia para agressões contra a adversária. Fundamentalmente não estava preparada para neutralizar o apoio de Lula.

Começar a pensar na próxima eleição é obrigação de um partido do porte e da história do PSDB. E é preciso começar logo, para não ocorrerem as soluções prejudicadas pelo afogadilho da campanha, nas imediações do momento eleitoral. Há que estimular os neurônios, há que fortalecer os músculos, há que estimular a circulação sanguínea — da mesma forma que os adversários já fazem, dissimuladamente.

Ao contrário de atrapalhar e desorganizar a oposição, um projeto eleitoral sério e consistente trará ânimo e rumo a uma força oposicionista desorientada hoje, com a perspectiva de continuar às cegas amanhã, para chegar tartamudeada em 2014.

Foi exatamente o que aconteceu com a campanha de Aécio Neves: não havia um projeto eleitoral na comunicação, nem mesmo uma consistência estratégica, conforme se verá nas análises feitas no acompanhamento diário da comunicação e do *marketing* político da campanha dele.

Sempre dizemos – e insistimos – que uma campanha correta começa com a definição de uma estratégia poderosa, cercada por mil detalhes que irão se apresentando no desenvolvimento dela.

No caso de Marina Silva, o descrédito intrínseco que ela e sua equipe nutrem pela aplicação do *marketing* político — ela própria diz, desde a eleição de 2010, que não precisa de marqueteiro — impediu que visualizassem os rumos e as atitudes que o momento eleitoral indicava tomar. E se sucederam erros primários... e fatais.

Quatro anos antes, Marina tinha começado com intenção de voto pequena, cresceu vegetativamente (desculpem o trocadilho) durante o desenvolvimento da campanha e só atingiu os "famosos" 20% no final, muito mais como opção para a polarização Serra *versus* Dilma, do que por méritos próprios. Conhecemos bem esse enredo pois na época, a pedido da direção do PV de São Paulo, apresentamos sugestões para melhorar a comunicação da candidata.

(A íntegra dessa história está no livro *Batalha final*, reproduzida aqui, a partir da página 141.)

Em 2014, ao contrário, com a morte de Eduardo Campos, foi alçada de supetão à liderança nas pesquisas, mas com um *marketing* político confuso, deficiente e equivocado não conseguiu permanecer ali e desabou para perto dos mesmos 20% (precisamente 21,32%).

_____ **CAPÍTULO 2** _____
O acompanhamento diário da comunicação - primeiro turno

"Quem brincar de fazer campanha correrá o risco de virar brinquedo na mão do respeitável público eleitor."
Chico Santa Rita em "Eleição, assunto para profissionais" –
Folha de S. Paulo, 22/01/1996

A primeira discussão que se impõe é quanto ao tempo de programação (comerciais e programa do Horário Político) de que cada candidato dispunha. A situação dos três candidatos competitivos, contada em minutos e segundos, era a seguinte[1]:

Dilma   11'24"
Aécio   04'35"
Marina   02'03"

À primeira vista, pode parecer que a candidata do PT levava uma vantagem extraordinária. Não é bem assim. Tempo demais, se não for muito bem utilizado, também pode ser fator de saturação e de consequente rejeição pelo eleitor. Tratava-se de uma vantagem relativizada.

Com as eleições em dois turnos, a história política brasileira está cheia de situações em que o candidato com menor tempo chega à vitória. A começar por Collor, em 1989, que tinha cinco minutos e cinquenta e oito segundos de programa, durante cada período de propaganda eleitoral que durava 1h03m (uma hora e três minutos). Ou seja, Collor tinha exatamente 9,47% do tempo total.

Em 2014, o programa eleitoral tinha a duração de vinte e cinco minutos em cada período. Portanto, Aécio, com 4'35" (quatro minutos e trinta e cinco segundos), tinha 18,33% do tempo (o dobro do tempo de Collor). E Marina desfrutava de 2'03" (dois minutos e três segundos),

---

[1] Dados oficiais do TSE.

| De como Aécio & Marina ajudaram a eleger Dilma |

equivalente a 12,2% do tempo total, até ela com mais tempo proporcional do que Collor.

Mas *marketing* político não é aritmética. Essas contas são sempre cercadas de outros fatores supervenientes. E esta eleição foi, mais uma vez, a prova cabal disso. Vejam só:

- Dilma, vencedora do primeiro turno, não teve na campanha, um incremento de votos proporcional à disparidade de tempo que a sua comunicação possuía. A pesquisa DataFolha[2] lhe dava 34% ao se iniciar a propaganda oficial de rádio e TV e no final ela alcançou 37,57 dos votos reais (41,59% dos votos válidos) no primeiro turno[3].
- Aécio, nessa pesquisa tinha 15%, alcançou 30,31% (33,55% dos votos válidos).
- Marina tinha 34% e ficou com 19,26% (21,32% dos votos válidos).

Dilma manteve-se estável. Aécio herdou muitos dos votos que Marina perdeu. Nada a ver com tempo de televisão, mas sim pela contingência política de estar melhor condicionado para enfrentar o PT no segunto turno.

O que importa, na verdade, para explicar o que aconteceu, é o desempenho das candidaturas, apresentando-se ao eleitor por meio de uma comunicação construída estrategicamente pelo *marketing* político. É esse andamento que vamos analisar aqui.

As **Resenhas** escritas durante a campanha são factuais, apontam falhas e acertos encontrados na comunicação das campanhas dos três

---

[2] Pesquisa DataFolha de 28-29.ago. 2014.
[3] Números oficiais do TSE.

principais candidatos, a partir dos elementos de *marketing* político aplicados por elas.

Foram escritas após assistirmos aos programas do Horário Político Gratuito noturno, já que eles sintetizavam toda a produção editorial, inclusive as inserções (comerciais) feitas no meio da programação.

Não nos competia ali dar as indicações de procedimentos que seriam mais adequados — afinal, estaríamos "ajudando" o *marketing* das campanhas, sem que tivéssemos nem autoridade nem delegação para isso.

Na **Análise complementar** que agora fazemos, vamos mais longe, indicando também as ações e alternativas que seriam mais convenientes, dentro da pura aplicação de preceitos do *marketing* político que temos defendido em artigos, livros e, principalmente, na prática do dia a dia.

Eleição 2014 / Primeiro turno

1. Programa eleitoral de 19/08/2014
Resenha postada em 20/08/2014 às 13h18min

MARINA O horário eleitoral começou ontem com o PSB cultuando a memória de Eduardo Campos: bonito, mas improdutivo, repetiu o que as TVs mostraram exaustivamente na última semana.

Análise complementar

Marina, que assumiu o posto de candidata, tinha que se apresentar mais firme, mais "presidenciável", mais estadista.

AÉCIO Palavroso, com um discurso que nada deixa na memória de ninguém e, pior, passando uma imagem de distanciamento, com as pessoas assistindo ao discurso na TV, no celular, ouvindo no rádio. Perda de tempo — um desastre completo.

Análise complementar

A edição de TV era bonita, mas carregava uma falsidade: as pessoas não tinham contato com ele. Viam-no à distância, num discurso frio. Eram chamadas gratuitamente de "bem-vindas", sem saberem se estavam indo ou vindo.

Tudo produzido por meio de um viés publicitário. Ora, *marketing* político não é propaganda pela qual o consumidor escolhe um produto, muitas vezes por impulso.

Aqui, o eleitor deve passar por um processo de conscientização, para no final decidir-se por um(a) candidato(a). Ninguém vê uma propaganda bonitinha e diz: "Ah, que legal... Vou votar nele(a)!".

PIOR: Um candidato que tinha 60% de desconhecimento (pesquisa DataFolha de 2 e 3 de abril)[4] deveria, no mínimo, apresentar-se com uma biografia benfeita. Pois não teve biografia nenhuma.

DILMA Veio no meio do povo, afável, carinhosa, mãezona. Também teve material bem editado sobre um dos problemas que perturbam o desempenho do governo: infraestrutura. Para completar, Lula deu o tom: "ela será melhor no segundo mandato; comigo também foi assim".

Análise complementar

Correto, para quem na mesma pesquisa apresentou apenas 13% de desconhecimento.

O povo, com ela, aparecia real, de carne e osso.

A infraestrutura era o governo dela, em ação.

Quando será que uma Reforma Política de verdade vai botar ordem nessa zona (a verdadeira) eleitoral?

E no meio disso tudo, os nanicos falando besteira — um horror!

---

[4] http://www1.folha.uol.com.br/infograficos/2014/04/82376--intencao--de--voto--para--presidente--da--republica.shtml

2. Programa eleitoral de 21/08/2014
Resenha postada em 22/08/2014 às 09h53min

MARINA Veio com cara de boazinha e emoção fácil. Veio ainda explorando os efeitos pela morte de Eduardo Campos. Será que ninguém vai dizer que os verdadeiros amigos de Eduardo Campos se afastaram da campanha dela? Que até outro dia o marido dela trabalhava para o governo do PT do Acre? Eduardo Campos, esteja onde estiver, não deve estar gostando. Quem viver verá a verdadeira Marina.

Análise complementar

A verdadeira Marina que vai aparecendo é aquela que, tendo uma origem nas pessoas simples do interior do Acre, não consegue falar com as pessoas simples.

Eduardo Campos faz falta. E muito. Ele e sua equipe tinham a vertente popular à flor da pele.

Na véspera da sua morte deu excelente entrevista ao *Jornal Nacional*, falando de temas sérios com linguajar entendível por todos.

AÉCIO Mostrou uma biografia plastificada — mais computação gráfica do que realidade. Olhando para um entrevistador que não o entrevistava. Será que as pessoas gostam de "conversar" com alguém que não olha para elas? Melhorou um pouco, mas está longe de se mostrar uma alternativa real.

Análise complementar

As apresentações tucanas vão mostrando um verdadeiro pastiche de recursos de TV.

Essa bobagem de não olhar para a câmera vale para entrevistas, quando há a presença do entrevistador. Mas não é *marketing* político, onde o olho no olho é o que funciona.

E tudo funciona ainda melhor, se comandado por uma estratégia bem planificada e bem executada — coisa que não existe à vista.

Mesmo quando olha para as pessoas, o candidato acaba transmitindo uma certa inquietude, uma ansiedade.

Falta mídia *training* e direção de TV.

DILMA Veio encaixotada num estúdio lendo o que escrevem para ela.

Dali pulou para grandes obras do setor elétrico e para a transposição do São Francisco dizendo candidamente que a obra está cinco anos atrasada. Será que alguém vai dizer "que a obra está custando cinco vezes mais"?

A mensagem: "Vamos continuar com isso que está aí!".

Pergunto: Será que alguém vai perguntar se vão continuar os atrasos e os superfaturamentos?

Análise complementar

A presidente navega na calmaria da falta de ventos oposicionistas.

Ninguém questiona com propriedade as insanidades que vão sendo lançadas ao léu, como se as águas estivessem transpostas.

Mostra obras, justifica a "continuidade". Vai que vai, sem nenhuma contraposição feita com a competência de uma boa argumentação.

3. Programa eleitoral de 23/08/2014
Resenha postada em 24/08/2014 às 10h13min

MARINA Estreou com um discurso cheio de intenções de unir o Brasil.

Palavras ao vento de quem não consegue nem unir o próprio partido. Vejam a manchete da *Folha* de hoje: "Crise e estrutura frágil desafiam campanha do PSB". O texto conta que metade dos acordos estaduais fechados por Eduardo Campos já se esfarelou.

Análise complementar

A população não está interessada em "unir o Brasil". Isso é discurso para grupinhos "intelectualizados", habitantes do interior dos muros das universidades e afins.

O que as pessoas querem são soluções mais imediatas: comida, saúde, segurança, educação — essas coisinhas simples que os políticos quase sempre não entendem.

Aí sim, diante de uma perspectiva real, podem se unir em torno de um(a) candidato(a).

AÉCIO O programa dele melhorou: ele já consegue falar com mais calma, olhando direto para o telespectador.

O *jingle* é uma bobagem e não aparece o essencial 45.

Mostrou os bons resultados de um programa educacional para jovens que fez quando governador em Minas. Mas pode estar caindo na mesma cilada que vitimou a candidatura Alckmin oito anos atrás, na comparação do seu governo em São Paulo, *versus* o governo Lula no Brasil inteiro. **(Ver o artigo "Crônica de um naufrágio anunciado" do livro *Novas batalhas eleitorais*, a partir da página 151.)**

Análise complementar

Mais um erro que, muitas vezes, se repete nas campanhas: os luminares fazem uma música que "eles" curtem musicalmente, sem entenderem que aquilo também é uma mensagem política! E conseguem até deixar de fora o número 45 — esse insignificante detalhe que será o instrumento crucial na hora da votação.

O "programa educacional para jovens" é mais uma vez vítima da falta de estratégia, quando jogam situações no ar, aleatoriamente.

A comunicação do PSDB não é um programa de persuasão, nem de convencimento do eleitor, como deveria ser.

DILMA Também mostrou programa educacional para jovens: com números e emoção muito mais consistentes. (Na eleição de 2006, como agora, a questão central não era comparar obra. Era a moral esgarçada pelo mensalão, assim como agora é a administração comprometida pela roubalheira e pela incompetência.) Além do que a "presidenta" capricha na emoção que pega forte na "assistenta".

Análise complementar

O programa petista dosa realizações com emoções — uma fórmula difícil de combater, quando as realizações são (ou parecem ser) reais e as emoções são sentimentos baseados em fatos conhecidos pelos assistentes.

A comparação dos programas para jovens dá nítida vantagem a Dilma, já que a comparação que deveria estar sendo feita — moral e ética no trato da coisa pública — não é mencionada com argumentos firmes.

4. Programa eleitoral e debate na Band – 26/08/2014
Resenha postada em 27/08/2014 às 10h13min

MARINA Aparece pasteurizada, sem emoção, lendo um discurso preparado, chamando o vice para ajudá-la. Bem diferente da Marina insinuante, perspicaz, objetiva e contundente que se viu logo a seguir, no debate da Band.

Análise complementar

Também na campanha "marineira" nota-se nitidamente a falta de uma estratégia, uma linha de conduta firme, aplicada nos momentos certos, corrigida quando necessário.

O debate tem audiência pequena; é importante apenas pela repercussão que poderá ter. Os comerciais e os programas do horário político são transmitidos por todas as redes de TV, assistidos por um público dezenas de vezes maior.

AÉCIO Mais uma vez insosso, numa roda de jovens, sem credibilidade, enredado num modelo de TV ultrapassado.

Meus comentários dos três programas anteriores mostraram essa dicotomia que deveria preocupar uma campanha que, depois do início da TV eleitoral, perdeu quatro pontos na pesquisa Ibope.

Também poderia ter tido um desempenho melhor no debate da Band — tanto na postura gestual, como na apresentação das ideias.

Análise complementar

É o equívoco de usar recursos da TV aberta, quando aqui se trata de TV política. Esse recurso fica bem para o programa *Altas Horas*, comandado pelo Serginho Groisman.

A perda de pontos na pesquisa Ibope é o reflexo imediato dos erros cometidos na condução dos programas e comerciais do horário político.

A preparação do candidato para os debates é crucial, tem que ser feita cuidadosamente, definindo qual a mensagem a passar, seja nas respostas próprias, seja nos questionamentos aos adversários. Aécio, porém, transmitia uma certa falta de preparo.

A indicação de Armínio Fraga como futuro ministro da Fazenda pode ser correta do ponto de vista técnico-financeiro. Mas é polêmica como *marketing* político. Poucos eleitores sabem identificar o que isso significa.

Desvia o foco. Em vez de defender sua candidatura, Aécio terá que defender a "criatura" que ele inventou.

DILMA Despejou números e mais números, num programa tradicionalzão, entulhado das ações que o governo executa na área da

Saúde. Você sabia que existe um treco chamado Rede Cegonha? Pois é... Veio até o ministro dar uma força. (Isso pode no horário eleitoral?) Postura semelhante foi usada no debate da Band. Nitidamente está tentando se segurar com as intenções de voto que tem, em busca de um segundo turno onde "salve-se quem puder".

Análise complementar

A tentativa da candidata de segurar as intenções de votos existentes, sem correr grandes riscos buscando ampliar sua vantagem, já revelava erros das avaliações petistas iniciais — com vitória no primeiro turno.

Se os oponentes tivessem percebido isso, opondo reação a essa manutenção do *status quo*, muito provavelmente teriam obrigado a campanha da candidata a resguardá-la ainda mais, abrindo uma brecha para perder uns pontinhos.

Ao contrário, deixavam que ela corresse livre, leve e solta.

5. Programa eleitoral de 28/08/2014
Resenha postada em 29/08/2014 às 09h24min

MARINA Começou com um texto esotérico, vendo "estrelas no céu". Fernanda Zuccaro deu uma definição para ser levada em conta: "essa mulher é um aiatolá de saias!". Depois mostrou-se nos seus momentos mais favoráveis do debate, com pessoas assistindo e elogiando — baixa credibilidade. Será que alguém vai mostrar trechos da entrevista dela no *Jornal Nacional*, quando foi desmascarada pelo Bonner?

Análise complementar

É incrível ainda vermos, numa campanha presidencial importante, esses recursos bobocas de colocar pessoas assistindo ao debate, para em seguida serem entrevistadas, aplaudindo o desempenho da candidata. Pega até mal.

E pior ainda quando, no mesmo dia, ela é entrevistada no *Jornal Nacional* e tem um desempenho pífio.

A falta de estratégia e planejamento eficientes vai contribuindo para derrotar Marina. E o comando da campanha não vê!

AÉCIO O mais desconhecido entre os candidatos que contam, finalmente no quinto programa (são só 20) mostrou sua biografia — ainda olhando para o "entrevistador" que não entrevista. Novamente circunscreve para o que fez em Minas, sem dar-se dimensão nacional como administrador. E mais uma vez ressalta a prioridade que deu para a Educação. (Também apresentou seus melhores momentos no debate da Band.)

Análise complementar

Na pesquisa DataFolha de abril ele aparece menos conhecido do que Marina. A dimensão nacional como administrador poderia ser lembrada pela sua passagem como presidente da Câmara, como senador etc.

Da forma como a biografia foi apresentada caberia melhor no programa eleitoral mineiro onde, aliás, ele precisava ganhar uns votinhos...

Essa prioridade para a Educação, por um lado não recebia a importância devida, como possibilidade de ajudar a população globalmente.

Por outro lado, as campanhas discutiam temas mais prementes no dia a dia das pessoas: saúde, segurança, obras de infraestrutura. E depois, educação por educação, os resultados apresentados por Dilma eram muito mais avantajados.

DILMA Repetiu um bem estruturado programa sobre Saúde que é, disparada, a maior demanda da população (pesquisa Ibope fevereiro/2014 — principais problemas do Brasil: Saúde 58%, Segurança 39%, Educação 31%). Seu semblante vem mostrando uma mal disfarçada ansiedade: uma "presidenta" em situação "preocupanta".

Análise complementar

E vem o programa do PT, sempre correto, estruturado com competência, dando um *show* de... saúde!

Mas, por outro lado, Dilma também demonstra estar toda preocupada. Só que os adversários parecem não perceberem isso, já que não operam para acirrar esse estado de espírito.

6. Programa eleitoral de 30/08/2014
Resenha postada em 31/08/2014 às 09h36min

MARINA Deu um *show* de plano de governo, mostrando que tem ideias e planejamento para governar o país. Um plano apresentado para uma plateia de pessoas participativas, dando a entender que tem equipe. Programa forte, deu pra lembrar o Lula em 2002, mostrando-se um candidato viável.

Análise complementar

Na falta do acompanhamento de uma estratégia ampla, os acertos acabam sendo pontuais.

Depois de um início muito claudicante, de muita perda de tempo valioso, agora acerta a mão. Precisa ver se vai continuar assim, estancando a perda de pontos na sua intenção de votos.

AÉCIO Alvíssaras, depois de várias apresentações equivocadas, mudou tudo. Falou olhando para o eleitor, mais calmo, com um discurso político consistente, situando o continuísmo (Dilma) e a mudança (ele e Marina) e concluindo que é a opção mais adequada.

Agora, ele tem até um *slogan* — "a força que o Brasil precisa". Esperemos que essa força não tenha chegado tarde demais.

Análise complementar

A estratégia que deve ser traçada inicialmente não é imutável. Pelo contrário, deve receber acertos e correções, de acordo com o andamento da campanha. Junto dela deve haver um plano de governo bem estudado, um *slogan* resumindo as atitudes da campanha numa frase impactante, uma música para animar a militância e os simpatizantes... E mais uma centena de atitudes. Depois de uma atuação errática, só agora, com um terço da comunicação já exposta, aparece um delineamento estratégico.

Mas "a força que o Brasil precisa", além de *slogan* tardio, também é presunçoso. E, como discurso político, apresenta sinais de prepotência, tipo "eu sou essa força!".

Mas a aparente calma mostrava também um rastilho de indecisão. Será que agora vai dar certo?

DILMA Continua centrada nos números gigantescos da atuação do governo federal, personalista em excesso: foi ela quem fez tudo, até o rodoanel de São Paulo. Depois desaba na cabeça do eleitor uma cachoeira de promessas em computação gráfica — credibilidade zero. Lula, anacrônico, faz o discurso do medo, mas acaba dizendo que o primeiro governo dela deixou a desejar. Ou seja: tudo aquilo que Dilma diz que fez... será que fez?

Análise complementar

Começou a exagerar livremente, já que não tem ninguém com credibilidade para contestar. Algum adversário poderia dizer e mostrar, seguindo a trilha de Lula, que ela poderia ter feito mais, não é?

E também perguntar: quem garante que agora vai fazer? Acrescentando que, em São Paulo também há um outro "poste" do Lula, fazendo um governo pessimamente avaliado.

E concluir: é tudo história da carochinha!

Como ninguém está fazendo isso, o programa dela não ganha voto, mas também não perde.

7. Programa eleitoral de 02/09/2014
Resenha postada em 03/09/2014 às 10h35min

MARINA Vem aproveitando bem os seus escassos dois minutos de tempo. Curto e grosso deu soluções para Escola em Tempo Integral, para os problemas da Saúde e ainda deu tempo pra se vitimizar dos ataques que está recebendo. Passa credibilidade.

Análise complementar

Realmente, os ataques desferidos pela campanha de Dilma são covardes e mentirosos. Chegam a mostrar Marina como a candidata de banqueiros asquerosos que vão tirar o prato da mesa do povão.

Mas aparecer de vítima é uma atitude apenas defensiva, um chororô que as pessoas não curtem. Ela teria que encontrar uma forma de contra-atacar, mesmo sem usar as armas sujas da campanha adversária, mas enfrentando-a com firmeza e dignidade.

AÉCIO Já fala com calma e olhando para o telespectador. Mostra o que fez em Minas e projeta com credibilidade para o Brasil. Saiu do programa a bobagem do "bem-vindo, bem-vinda", mas continua a besteira do "Aé, aé, aé, Aécio", além de um apresentador cabeludo assustador.

Análise complementar

Depois de quinze dias descobriram que chamar as pessoas de "bem-vindas" não colou. Demorou, né?! A expressão bonitinha era um simples aceno ao vento, sem credibilidade — a condição essencial para a mensagem ser bem-vinda, bem recebida.

E aí substituíram a bobagem por uma bobagem tão idiota quanto a outra. E mais uma vez trilhando os caminhos da propaganda.

Não é com gritos de guerra, expressões fáceis — como essa do "Aé, aé, aé, Aécio" — que se ganha eleição. A campanha não se desenvolve num campo de futebol, num Atlético MG *versus* Cruzeiro.

Aliás, mantiveram no ar o tempo todo um apresentador de imensa cabeleira, esgares antipáticos na expressão — um horror, de credibilidade zero. Este sim, estaria bem colocado na arquibancada do Mineirão.

Síntese: um início bom de programa que perde o sentido na presença de idiotices pseudocomunicativas.

DILMA Apresentou trechos do debate do SBT (sem mostrar, claro, as balbuciadas, os nervosismos etc.). Parece que vive em outro país, vejam só:

— a Petrobras e o pré-sal nos transformarão nos maiores produtores do mundo;

— a inflação está próxima de zero;

— nunca se combateu tanto a corrupção;

— depois de muito tempo sem investir, a infraestrutura agora será prioridade.

Análise complementar

A candidata parece que está sozinha no ar: fala o que quer, mente descaradamente como quer, usa e abusa da falácia... E ninguém se contrapõe seriamente. Parece que Aécio deixa a missão para Marina... e vice-versa.

Não se pode fazer uma campanha de ataques, é certo. Mas há momentos em que se tem que desmascarar a empulhação do(a) adversário(a).

Tudo o que está listado acima foi veiculado num só dia. E no dia seguinte ninguém rebateu seriamente. Assim a mentira vai virando verdade.

8. Programa eleitoral de 04/09/2014.
<u>Resenha postada em 05/09/2014 às 09h14min</u>

DILMA E o país da fantasia: falou de educação, mostrou grandes números, imagens maravilhosas, muita computação gráfica. Tudo é alegria, tudo está resolvido e o pouco que falta ela fará a seguir.

O país real: avaliação feita pela Unesco e apresentada no início deste ano coloca nossa Educação em 88º lugar no mundo. Dá vontade de chorar...

<u>Análise complementar</u>

Já que ninguém diz nada, o programa petista anda para a frente. É claro que, depois de quatro anos no governo, sempre há muito o que mostrar. E não compete ao governo mostrar as mazelas, o país real, que também continua existindo.

Dá vontade de chorar, porque as campanhas de Aécio e Marina não conseguem enxergar que estão deixando a adversária caminhar sem obstáculos para a linha de chegada.

AÉCIO Fez a apresentação mais consistente: o PT fracassou e a oposição está dividida entre ele e Marina. Mostrou o que chamou de metamorfose dela, que votou contra a Lei de Responsabilidade Fiscal, que era ministra do PT e não reagiu quando o mensalão foi denunciado.

Alvíssaras: finalmente sabemos que tem um *slogan* — "a força que o Brasil precisa" — e até um *jingle* cantado por sertanejos de plantão, um deles lulista de carteirinha em 2002.

(Vinha faltando uma linha editorial; será que foi encontrada agora?)

Análise complementar

Mais consistente apenas diante das bobagens que vinha fazendo.

"PT fracassou" – palavras ao vento, sem provas evidentes.

"Metamorfose de Marina" – o povão adora essas expressões que não entende. E, mais importante, ao invés de brigarem com Dilma, vão brigar entre si? Parece que sim – vejam o programa de Marina, a seguir.

"*Slogan*" — agora parece que "a força que o Brasil precisa", lançado dois programas antes, continua e até virou *jingle*. Longe de ser o ideal... pelo menos é alguma coisa, um copo d'água no deserto.

Mas a linha editorial continuava ausente, conforme se verá na continuidade da programação.

MARINA Com o chororô de sempre: dona da verdade e de uma voz esganiçada. Reclama que está sendo atacada — mas a fala do adversário que a antecedeu foi bem embasada. Apresenta "compromissos", mas não explica como vai executá-los. Trouxe depoimento de dois famosos especialistas em saúde... Quem eram mesmo? Quem assistiu o programa do PSDB e depois o dela, vai ter muito o que pensar.

Análise complementar

Ela se parece com aquelas pessoas que estão sempre de mal com a vida, reclama de tudo, está sendo atacada. Mas também não revida à altura.

Desta vez o programa do PSDB tinha se antecipado nas "respostas" às questões que Marina colocou.

Por outro lado, não é boa comunicação política colocar "especialistas" no ar, como se a população tivesse obrigação de conhecê-los e entendê-los.

A programação do PSB também prima por não observar preceitos primários do *marketing* político. Marina, em geral, fala para ela mesma e para um pequeno círculo de acólitos.

9. Programa eleitoral de 06/09/2014
Resenha postada em 07/09/2014 às 10h28min

AÉCIO Voltou a falar mostrando uma expressão tensa. De todo modo, agora tem um *slogan* e fez um belíssimo programa sobre segurança, confrontando-se bem com Dilma e Marina.

Estamos chegando no meio da propaganda no rádio e TV com ele isolado em terceiro lugar nas pesquisas. Será que neste momento político é hora de discutir questões pontuais, como se estivesse na liderança?

Análise complementar

Pois é. Estamos no meio da propaganda de rádio e TV e as apresentações de Aécio parecem colchas de retalhos, bem ao estilo das antigas costureiras mineiras.

Não há uma estratégia definida, não há continuidade, não há linha editorial. E o principal: não há uma mensagem forte, uma réstia de esperança, capaz de sensibilizar corações e mentes brasileiras.

O que vimos mostrando na análise diária de cada um dos programas/comerciais apresentados justifica por que ele tinha empacado nas pesquisas.

No nosso Facebook chovem os questionamentos angustiados: será que vai dar para chegar ao segundo turno?

DILMA Com a cara lisa, redonda, supermaquiada... parece uma boneca *babushka*. Tascou-se a falar de pré-sal como a solução nacional. Mas o *Jornal Nacional*, que a antecedeu na tela da Globo, mostrou a Petrobras (dona do pré-sal) envolvida num escândalo de dimensões mundiais.

Outra infelicidade: disse que Marina não é mal-intencionada, apenas tem propostas erradas. Sabem o que isso significa na boca da "presidenta" com sua credibilidade "cadenta"? Ajuda a Marina!

Análise complementar

O programa de TV é a cara dela e, temos que reconhecer, também é redondo, aqui no bom sentido. Tecnicamente é a melhor comunicação política que está no ar. Tem personalidade, tem continuidade, tem princípio, meio e fim. (Lembrando sempre que, do ponto de vista petista, os meios acabam sempre justificando os fins.)

Plasticamente impecável, trabalha no conteúdo o velho jargão malufista do "fez, faz, vai fazer muito mais", de forma moderna e eficiente. Exagera, mente, deturpa.

Mas cadê os adversários para denunciarem os descalabros?

MARINA Veio com uma biografia bem montada. Nas várias fases da sua vida, ela também parece uma boneca, daquelas de antigamente, de trapo. Mas ao gosto do povão.

Deu um tiro curto e grosso no pré-sal: os recursos serão utilizados para educação e saúde. Não para a corrupção!

Análise complementar

Mas aqui também falta inteligência de *marketing* político.

De repente vem uma biografia, como boneca de trapo — será esse o perfil indicado para uma candidata a presidente?

De repente vem um tiro no pré-sal — será que isso, jogado ao léu, sensibiliza as pessoas?

Não. A boa condução de uma campanha não é assim, não tem "de repente" vou fazer assim ou assado.

A boa campanha requer:

- diagnóstico;
- planejamento;
- estratégia;
- desenvolvimento.

E considere-se que a estratégia é o grande nó da questão: é na formulação dela que se começa a ganhar, ou a perder, uma eleição. Está tudo minuciosamente explicado na trilogia *Batalhas eleitorais*. **(Veja resumo dos livros na página 157.)**

10. Programa eleitoral de 09/09/2014
<u>Resenha postada em 10/09/2014 às 08h34min</u>

AÉCIO Veio com o programa mais consistente da campanha de TV: falou indignado dos desacertos do governo Dilma, colocando-se como a opção correta para o país funcionar e voltar a crescer.

O ponto alto: depoimentos de dez lideranças nacionais, de norte a sul, leste e oeste, de FHC a Alckmin, apoiando a candidatura dele, mostrando por que ele é o "melhor" candidato.

Perguntas: mas por que só agora? Uma biografia no programa 5; os apoios no programa 10. Já passamos da metade da programação eleitoral, faltam vinte dias para a eleição... será que dá tempo?

Análise complementar

Finalmente, a contestação, seguida da solução.

E os apoios qualificados de políticos importantes.

Erraram não fazendo isso antes, mas acertaram na mosca agora. Antes tarde do que nunca, nessa corrida contra o tempo.

DILMA Na defensiva, mostrando "revolta e repulsa" contra a corrupção.

Por que, então, não tomou providências sérias desde o início do seu governo, quando inventaram uma "faxina marqueteira"? Se tivesse faxinado para valer não precisava estar se desculpando agora, tentando mostrar que o governo dela é quem combate as maracutaias, por intermédio da Polícia Federal, do COAF etc. Só faltou dizer que foi ela quem puniu os mensaleiros no Supremo...

Mas foi ela quem fez todas as obras em São Paulo e no Brasil — país maravilha, na marquetagem sacana da TV da "presidenta indecenta".

Ah, sim, o inchaço físico dela talvez se explique por uma possível gravidez. Ela disse que está sentindo "as dores do nascimento de um novo Brasil". Vade retro!

Análise complementar

O escândalo da Petrobras começava a incomodar, por isso a candidata veio cheia de "revolta e repulsa".

Marquetagem sacana?

Pode até ser. Mas há que reconhecer uma atenção com os acontecimentos e uma correção de rota que sempre deve ser feita em momentos como esse. Uma boa estratégia também é aquela que sofre reparos diante dos novos fatos que vão surgindo.

As grandes obras sempre têm a participação dos governos estaduais e do governo federal. Dilma passou a assumir para ela a "maternidade" de tudo o que foi feito nos últimos quatro anos. E como ninguém rebateu...

MARINA Deu uma murchada, com um texto meio insosso colocando-se como a opção diferente na polarização PT/PSDB.

Passou de esguelha pelo problema Petrobras, sem se referir à "quadrilha" que tinha anunciado nos jornais do dia. Apenas mostrando que iria fazer um projeto de recuperação da empresa. Talvez essa postura suave deva-se ao fato de que Eduardo Campos — seu mentor e patrono — está sendo acusado de ter se beneficiado do esquema.

No final apresentou o depoimento apoiativo de Caetano Veloso. Nesse item perdeu de goleada para seleção política de Aécio.

Análise complementar

Essas "murchadas" são sentidas pela população, que não entende bem o que está acontecendo, mas que na sua sabedoria assume um "gosto!" ou um "não gosto!" — nem sempre explicitado claramente — mas que acaba se concretizando num "voto!" ou num "não voto" definitivo.

Aí o(a) candidato(a) começa a perder o pé e vai murchando cada vez mais, até se estiolar na escuridão do *marketing* político equivocado.

11. Programa eleitoral de 11/09/2014
Resenha postada em 12/09/2014 às 08h29min

AÉCIO Mais uma vez apresentou um programa porreta. Mostrou-se uma oposição séria, articulada, apontando as semelhanças da atuação política das duas adversárias e destacando sua coerência oposicionista. Lembrou que não basta prometer aleatoriamente como as adversárias fazem, contrastando com ele, que garante fazer porque fez quando governou Minas.

O *jingle* cantado por miríades de artistas é bonito. Mas me lembrou a campanha de 1989, com o "Lula lá", rebatido pelo *jingle* de Collor cantado por populares, sublinhados por uma advertência: "Nossos verdadeiros artistas são o povo brasileiro".

Se o ritmo dessa semana fosse presente desde o início da propaganda, talvez a eleição estivesse tripartida. O fato é que ele tinha 20% de intenção de voto ao se iniciar o horário eleitoral. Agora tem 15%. Será que vai dar tempo de voltar ao jogo?

Análise complementar

A queda na intenção de voto mostra claramente que a comunicação não está surtindo um efeito positivo. E não para enxergar claramente uma luz no fim do túnel. É a falta de uma estratégia correta e também o descuido até com detalhes.

O *timing* da apresentação do *jingle*, por exemplo, não foi estabelecido corretamente. A música deveria ser apresentada desde o início e ir crescendo sua edição, cantado nas ruas, acompanhando o crescimento da campanha.

Aqui, de repente aparece cantado por uma bela seleção de artistas. Um susto! Mas pelo menos agora a campanha tem a ilustração de uma boa música.

De todo modo a semana estava sendo importante para que as pessoas pudessem recomeçar a vislumbrar uma volta de Aécio, competindo com Marina (que também perdia intenções de voto) para definir qual dos dois iria para o inevitável segundo turno.

DILMA Continua defensiva, tentando segurar o patrimônio da intenção de voto que tem, empurrando com a barriga que, aliás no caso dela, anda meio grandinha.

Palavrório, números e computação gráfica, imagens bonitas a fartar. Mostrou que resolveu completamente o problema da segurança. Desembarcou no Rio de Janeiro mostrando que a cidade está uma beleza e que ela fez tudo.

Você acredita? Então saia da sua casa sozinho(a), às 11h da noite, para dar uma caminhada de uma hora pelo seu bairro...

Análise complementar

Nítida campanha de espera, sem causar nenhum solavanco, resguardando-se para o segundo turno.

MARINA Respondendo óbvias perguntas do "povo" – fórmula pobre, antiga, de baixíssima credibilidade, já que o eleitor sabe que é uma situação artificial, montada. É aquele programa que se chama "falta de programa". Fala de tudo um pouco, nada acrescenta.

Quem assistiu a programação de hoje viu que, num balanço geral, Marina perdeu. Mas, infelizmente, pouca gente está assistindo...

Análise complementar

É o fenômeno do estiolamento em pleno desenvolvimento, murchando, murchando...

12. Programa eleitoral de 13/09/2014
Resenha postada em 14/09/2014 às 10h52min

MARINA Virou o Lula de saias na autocomparação dela. Alguém poderia perguntar se ela vai criar um novo mensalão? Se ela vai eleger postes como Haddad e Dilma? Se ela vai colocar "companheiros" sugando a máquina governamental em proveito próprio? Etc.? Etc.? Etc.?

Recolocou no ar sua biografia. (Coisa que Aécio, o mais desconhecido dos candidatos, só fez no quinto programa, achou que todo mundo viu, e nunca mais se falou disso...)

No final veio um novo refrão: "Olha a Dilma saindo, olha a Marina chegando". Meu Deus! Fiquei com a estranha sensação de que o Brasil pode acabar trocando seis por meia dúzia. Vem aí a companheirada da Rede!

Análise complementar

A programação do PSB/Marina vem sendo um exemplo acabado de tudo o que NÃO se deve fazer em *marketing* político.

Estigmatizam a atividade, quando deviam usá-la com seriedade e ética. Querem fazer crer que todas as pessoas de bem têm obrigação de escutar e acatar as patacoadas que criam com total sustentabilidade.

AÉCIO Veio com uma "conversa franca", em que falou de tudo e, mais uma vez, não disse nada, não sobrou nada. Palavroso, salvou o Brasil em três minutos.

Está perdidinho da silva! Parece um daqueles cães São Bernardo tentando encontrar um caminho nas "neves".

Eureka! Depois de se passarem dois terços da programação eleitoral, o programa repetiu um conceito: a boa comparação entre o histórico político dele e o das duas moçoilas candidatas. Até o fim da campanha é possível que eles descubram que precisam mostrar de novo a biografia e os apoios. Descubram, enfim, que a televisão é a arte da repetição. Tomara!

Análise complementar

O programa tucano é outro que quer reinventar a roda.

Fizeram os dois programas anteriores bons. Parece que aí chega alguém e diz: "olha, chega de tentar acertar". Aí um outro, entre os gênios presentes completa: "vamos fazer uma conversa franca, olho no olho, nosso candidato se mostrando por inteiro...".

O "histórico político", que pelo menos agora foi repetido, deveria estar sendo martelado direto, água mole em pedra dura.

Além de arte da repetição, a TV também é a arte da simplicidade e do óbvio. Ah, sim, o óbvio... essa qualidade que as coisas têm de ser o que são. E sem invenção.

DILMA A "presidenta repetenta", continua repetindo a fórmula "segura o que tenho e, por favor, não dê solavanco". Você vê um programa e parece que já viu todos: é o Brasil, a ilha da fantasia.

Só muda o tema: desta vez falou da expansão da internet, por meio da banda larga. E com total credibilidade, já que o PT usa o veículo com maestria, principalmente para destratar adversários.

Continuando a série "O Brasil é meu", mostrou que tudo o que foi feito em Minas Gerais... foi feito por ela — um verdadeiro chute no saco (que já deve andar meio cheio) do mineirinho.

Resumo geral dos três: esta campanha está nojenta! Levy Fidelix é mais coerente...

Análise complementar

Com o certo (repetir a fórmula do programa que está segurando as intenções de voto) geralmente vem o errado (usar a internet e os comerciais de TV e rádio indiscriminadamente para espalhar falsas acusações, mentiras, sacanagens as mais variadas).

É o *marketing* político bem utilizado, secundado pela pornografia eleitoral mais condenável.

13. Programa eleitoral de 16/09/2014
Resenha postada em 17/09/2014 às 09h24min

MARINA Ataca Dilma para dizer que não vai acabar com o Bolsa Família, pois passou fome. Será que ela pensa que vai conquistar os eleitores nordestinos da "presidenta incoerenta"? As pesquisas dizem que o eleitor dela é outro. Assim sendo sobrou a briga entre as duas.

Análise complementar

Essa é outra situação complicada na comunicação política: como defender-se corretamente de um ataque?

Ao dizer que não vai fazer a ação (no caso, não vai acabar com o Bolsa Família), a primeira consequência que sobrevém é a ampliação da acusação — quem não viu ontem, acaba vendo agora. E fica no ar uma desconfiança. O simples desmentido tem força quase igual à da acusação original.

A melhor atitude é mostrar, de forma muito prática e objetiva, que nada tem a ver com aquilo.

Além do que, será que a campanha não percebia que o eleitor de uma é bem diferente do eleitor da outra? E que nesse caso é melhor nem dar atenção à acusação?

AÉCIO Não atacou ninguém. Fez um programa bem correto, assentado, mostrando que está preparado, pois governou Minas, onde fez programas sociais que serão expandidos para o Brasil todo.

Calçou sua fala com uma dezena de apoios de artistas conhecidos.

Vejam só: pouco antes deste programa eleitoral o Ibope mostrou no *Jornal Nacional* Aécio em significativo crescimento e as briguentas em queda. Se continuar assim...

Análise complementar

Apoio de artista não é lá grande coisa em *marketing* político. Se assim fosse, a ilusória campanha do "desarmamento", no referendo de 2005, com a TV Globo inteira apoiando, teria sido vitoriosa. Não foi porque mostramos que, apesar dos artistas bem-intencionados, a campanha era mentirosa.

Neste caso, o melhor "apoio" que Aécio recebeu foi sem querer, é claro, o do *Jornal Nacional*.

Já dava para ter uma réstia de esperança. Era só não errar muito e continuar sendo "ajudado" por Marina e seu autodefinhamento.

DILMA Atacou os "governos tucanos" tentando atingir Aécio. Repetiu programa de uma semana atrás, no qual propagandeia o "combate à corrupção" como foco maior da sua atuação. Será que dá para acreditar?

Depois veio a Dilma "estadista" com Deus e o mundo lhe reverenciando — do papa até a ONU. E acabou afagando os jovens, numa conversa fiada com a companheirada petista.

É duro ter que assistir essa xaropada... Ossos do ofício!

Análise complementar

Agora, até o programa de Dilma, que cometia poucos erros, veio ajudar com esse ataque gratuito, que ajudou a mostrar para as pessoas — e para a própria equipe dela — que o inimigo a ser combatido era Aécio e não Marina, como vinha sendo feito. Aliás, pode estar neste fato o início da reação tucana, recolhendo os muitos votos anti-PT que estavam na coluna da indecisão.

No restante do programa os acertos de se mostrar estadista e de abrir diálogo com os jovens. Os assistentes/eleitores não sabem — e ninguém contou para eles — que era uma cena encomendada, conversa entre a "chefa" e a militância.

14. Programa eleitoral de 18/09/2014
Resenha postada em 19/09/2014 às 10h34min

MARINA Discursou sobre os assassinatos de líderes ambientalistas no Acre para puxar a questão do meio ambiente. E daí veio nadando até a falta d'água no Sudeste. É a grande temática... da vida dela. Eleitoralmente é como "chover no molhado".

Acabou com Gilberto Gil, solitário, cantando uma homenagem para ela.

Análise complementar

Continua errando, olhando para o próprio umbigo — deve ter tido festa de agradecimento no ninho tucano.

E para terminar, outra bobagem em nível político-eleitoral: Gil, cantando em homenagem a ela, deve ter arranjado uns dois ou três votos...

AÉCIO Confirma que os marqueteiros dele aprenderam a fazer TV eleitoral (não será tarde demais?) com um programa racional.

Mostraram uma nova biografia — mal ilustrada, modernosa — mas correta no conteúdo. As pesquisas devem ter apontado que ele ainda tem nichos populares de desconhecimento. Se tivessem feito isso no início, não precisava fazer quando a campanha está terminando...

Numa fala se coloca entre as duas adversárias (sem ofendê-las) como a alternativa de mudança segura.

E termina com muitos apoios de políticos artistas... e até de pessoas do povo... arre! ... não é que eles aprenderam mesmo!!!

Análise complementar

Nada mais a declarar — está tudo dito aí acima.

DILMA Continua vivendo na ilha da fantasia. Seu programa regozijou-se de o país, segundo a ONU, "ter saído do mapa da pobreza". Graças ao Bolsa Família e ao Lula. Será que alguém vai dizer que é muito pouco para doze anos de governo da companheirada?

Para azar dela o *Jornal Nacional* tinha mostrado, pouco antes, pesquisa do IBGE apontando que no último ano:

- a taxa de desemprego aumentou;
- a distribuição de renda só ajudou aos mais ricos;
- diminuiu o número de empregos entre os mais jovens.

Aí terminou gloriosamente com miríades de artistas apoiando-a. Será que alguém vai perguntar quantos ali são beneficiários das gordas verbas de "apoio à cultura"?

Análise complementar

Muitas vezes o *Jornal Nacional* acaba fazendo o serviço que a incompetência das campanhas deixa de fazer, ou faz mal e porcamente.

Por outro lado, o programa de Dilma continua tecnicamente correto, ajudando a segurar a intenção de voto existente.

15. Programa eleitoral de 20/09/2014
Resenha postada em 21/09/2014 às 10h53min

<u>MARINA</u> Ontem não pude assistir ao programa eleitoral ao vivo. Agora, 10h30min, recorri à internet como já fiz outras vezes, e o programa ainda não está postado. Isso mostra um certo desacerto dos marineiros. Já os últimos dois programas dela tinham sido meia-boca, mal-arranjados, requentando discursos feitos nos dias anteriores.

Pessoal: gritaria de discurso em praça pública não é fala para TV. Uma coisa é uma coisa, outra coisa é outra coisa. Será que já perderam o pique?

Análise complementar

A ausência do programa na internet já denunciava um sério desarranjo na equipe. Vimos o programa depois, constatando a continuidade de outro grave erro que muitas vezes se comete na propaganda política da TV: o uso de discurso feito em praça pública, ou em reuniões de auditório.

Ora, a forma discursiva é uma, a linguagem narrativa da TV é outra.

A praça tem a veemência e os gritos que merece; a TV tem a conversa da sala de visita, a intimidade das palavras dirigidas a cada uma das pessoas que estão assitindo, o olho no olho.

É igualmente equivocado colocar no rádio o mesmo áudio da TV. Aqui também deve haver uma linguagem própria, escrita e interpretada especialmente para o veículo.

<u>AÉCIO</u> Juntou lideranças sindicais num cirquinho armado, de baixa credibilidade: as pessoas sabem que, quem está ali, está ali para falar bem do candidato...

No final valeu a comparação repetida (aprenderam!) entre as posturas passadas de Dilma + Marina = farinhas do mesmo saco.

<u>Análise complementar</u>

Outro lugar-comum que não deveria caber numa campanha dessa envergadura. Não é cena para perder muito tempo com ela, apenas uns trinta segundos de registro e pronto.

<u>DILMA</u> Deu *show*, com um programa avassalador, a ilha da fantasia, levada às últimas consequências:

- as pessoas com deficiência estão todas atendidas;
- a Bahia só foi descoberta por Cabral; o resto foi Dilma quem fez;
- casas, viadutos, escolas... um mundaréu de coisas.

Por último a "presidenta visitanta" ainda meteu o corpanzil casa adentro do povão baixa renda.

Vou-me embora pra Pasárgada...

Análise complementar

E depois aparece na imprensa que é o *marketing* político o responsável pelas deformidades criadas por alguns "marqueteiros"...

16. Programa eleitoral de 23/09/2014
Resenha postada em 24/09/2014 às 09h22min

MARINA Reclamei que o programa 15, de sábado, ainda não tinha sido postado na manhã de domingo. Mas logo em seguida ele apareceu, com uma boa fala dela condenando a corrupção do governo do PT.

Depois desfilou um listão de "compromissos" que não passam de promessas vazias. É assim: "desta água não beberei", para em seguida mergulhar de cabeça no lago poluído da enganação política.

Ontem continuou dando cacete bem organizado na corrupção — Petrobras — e em Dilma, com Aécio atingido de raspão — acusa por não terem programa de governo. E se mantém viva à espera do segundo turno.

Análise complementar

Esses "Compromissos", que muitas campanhas apresentam episodicamente, como aqui, só funcionam e aí são importantes, se forem bem embasados na realidade e apresentados em sequência, com total coerência. É o que a campanha de Dilma faz.

Da forma apresentada por Marina, surgidos de repente, viram promessão e enganação. Por falta de assunto, chega algum "entendido" em *marketing* político — e como há exemplares dessa raça espalhados por aí! — e decreta: precisamos apresentar o nosso programa de governo.

Não entendem que comunicação política é continuidade e repetição: a arte de colocar os mesmos conceitos, mudando a forma, dando a eles uma roupagem nova, diferente.

AÉCIO INACREDITÁVEL:

– Conversa palavrória falando dos portos brasileiros que estão mal, enquanto Dilma investe em Cuba = alguém já disse para ele que a adversária a ser enfrentada é Marina?

– Reapresenta sua biografia = alguém já disse para ele que isso tinha que ser feito (e não foi) no início dos programas de TV?

Campanha errática, feita por quem não sabe o que fazer. Parece o Serra de quatro anos atrás.

Dá vontade de chorar!!!

Análise complementar

Faltam dez dias para a eleição e a campanha de Aécio continua sem rumo, sem norte. Principalmente, sem definição estratégica. Ataca Dilma, quando a adversária a ser ultrapassada nesse momento é Marina, para ir ao segundo turno. Também parece que não percebem que a adversária se apresenta com uma comunicação débil, fragilizada.

Repete os mesmos erros que o PSDB vem mostrando em todas as campanhas anteriores, após FHC.

DILMA Continua mostrando que fez tudo... e mais um pouco!

Ontem a "presidenta visitanta" viajou pelas grandiosas usinas elétricas em construção. (Não se fala em atrasos, claro. Nem em superfaturamento, claro. Nem no aumento de tarifas que vem aí, claro.)

No final aquele toque popular que parece mostrar que ela é gente como a gente. Arre!

Mantém-se viva — e esperta! — à espera do segundo turno.

Análise complementar

Por menos que se goste, o fato é que ela vai consolidando fortemente a sua posição. Cabe aos opositores mostrar os atrasos nas obras, superfaturamentos, aumento de tarifas etc. etc. etc.

| De como Aécio & Marina ajudaram a eleger Dilma |

17. Programa eleitoral de 25/09/2014
<u>Resenha postada em 26/09/2014 às 10h27min</u>

<u>**AÉCIO**</u> Mostrou uma pesquisa Vox Populi na qual Marina cai para 22% e ele sobe para 17% — empate técnico. A propósito disso se coloca no páreo pregando "o voto útil para vencer o PT" — nele mesmo, claro.

Também repete a biografia — aquela que faltou no início dos programas — encadeia seus "compromissos" em computação gráfica (baixa credibilidade) e repete os apoios (alta credibilidade).

É... desespero faz candidato acreditar até em pesquisa que pode ser desmentida amanhã ou depois pelo DataFolha que vem aí.

<u>**Análise complementar**</u>

São os altos e baixos de uma comunicação sem planejamento e sem base estratégica: erra aqui, acerta acolá e não sabe muito bem como vai ser o amanhã.

A pregação do "voto útil" é necessária para compensar a inconsistência da campanha que, se fosse produzida da forma correta, poderia ter levado o candidato a uma posição mais confortável na intenção de voto.

A reapresentação da biografia justifica-se pela falha inicial de não mostrá-la desde o início da campanha. Os "compromissos" em computação gráfica = vale a análise feita ao programa anterior de Marina — credibilidade muito pequena.

<u>**DILMA**</u> Continua na série "eu fiz tudo e descansei no sétimo dia": acabou o desemprego, a fome e a desigualdade social; aumentou a renda, as carteiras assinadas, a qualidade do emprego; há mais escolarização e estímulos ao professor. E, no capítulo "turismo eleitoral", o Rio Grande do Sul é uma belezura só.

Fora o que ela ainda vai fazer: especialidades médicas, mobilidade urbana, segurança integrada. Com ela, "presidenta onipotenta", até o Judiciário vai funcionar melhor.

Análise complementar

Pura e segura manutenção da intenção de voto: o primeiro turno do campeonato já está no papo, fica plantada em cima das suas mentirinhas não discutidas, nem criticadas. E os dois, lá na rabeira, que se engalfinhem.

MARINA Veio com um bom discurso sobre os direitos do cidadão. Ou seja, tudo isso que a "presidenta operanta" diz que fez é obrigação e o povo não lhe deve favor algum.

É o segundo turno já em ação. Pelo menos a ex-petista arrependida diz que quer ser presidente — como mandam as boas regras da nossa inculta e bela última flor do Lácio.

Análise complementar

Bom discurso lá para a turma dela — pode ajudar a segurar uns votinhos, garantindo presença no segundo turno.

Teoricamente, o povo não deve favor ao governante, está certo. Mas do jeito que as coisas andam aqui na terrinha, o povo até agradece — e muito — quando algum governo faz alguma coisa... além de roubar.

18. Programa eleitoral de 27/09/2014
Resenha postada em 27/09/2014 às 22h15min

MARINA Programinha xoxo de doer = a inflação e os juros altos prejudicam os trabalhadores. E daí?

Ela, que veio lá do seringal, que teve não sei quantos filhos com não-sei-quem é quem vai resolver. Mete um emocional, quer dar

De como Aécio & Marina ajudaram a eleger Dilma

uma de Lula (operário), mas se esquece que o Lula só prevaleceu em 2002 quando apresentou uma equipe consistente e se liberou das babaquices de ranço humilde, como se isso fosse a condição para ser presidente...

Análise complementar

Programa inócuo, tudo errado, do ponto de vista do *marketing* político.

Impressionante como uma equipe de campanha que disputa a presidência do Brasil não percebe a derrocada que se avizinha. Joga fora um espaço de comunicação, não reage, não reconhece e não corrige as babaquices que leva à apreciação das pessoas, no rádio e na TV.

AÉCIO Pegou outra pesquisa meia-boca, tentando mostrar que está se viabilizando — faz parte do jogo.

Depois fez correta argumentação antipetista, mas continua se esquecendo que Dilma está no segundo turno e a briga dele é com Marina.

Depois, uma bobagem publicitária chama as pessoas (pelos nomes) a virem com ele. Aliás, não citou meu nome, nem da maior parte dos(as) brasileiros(as).

No final veio com aquele tapa de gato, que tenta não mostrar a mão, dar mais uma porrada na Dilma. Mas... com ele tem sempre um "mas"... o sujeito que nos chamava para uma reflexão tinha credibilidade zero.

Triste...

Análise complementar

Vai sobrevivendo aos trancos e barrancos. Perde tempo precioso com coisas incríveis.

No início ia ao ar a besteira de tentar se aproximar das pessoas, chamando-as de "bem-vindas" ao nosso grupo. Era o óbvio arrogante.

Nesse final inventaram outra bobagem da mesma espécie: chamar dezenas de pessoas pelo nome — "venha José, venha Maria, venha... venha...".

Virou o óbvio imbecilizante.

Seu José e a dona Maria estão se lixando para essa chamada oportunista. E, aliás, como ficariam as pessoas cujos nomes não foram chamados?

Mais improcedência: convidar as pessoas para uma reflexão é interessante nessa hora; veicular isso por intermédio de um ator sem credibilidade é desperdiçar a boa ideia.

DILMA Que bate todos os recordes mundiais de cara de pau, virou a paladina anticorrupção. Até o Judiciário vai obedecer a ela e punir os corruptos — isso é o que se chama "legislar em causa própria". Pois corrupção é matéria na qual a companheirada é craque.

Também veio com a salvação nacional de sempre, sendo que em Pernambuco foi tudo ela quem fez. Eduardo Campos, onde quer que esteja, deve ter ficado meio "p" da vida (ou da morte).

E virou escárnio completo quando apresentou trecho do seu discurso eleitoreiro na ONU. Meu Deus, esse pessoal perdeu o mínimo *minimórum* da decência, do respeito aos cidadãos, do amor à pátria. Aliás, foi o próprio vice dela, Michel Temer, quem num repetido ato falho, insistiu que o Brasil precisa de um presidente (com "e") para pôr ordem nessa bagunça nacional.

Modestamente, acho que precisamos de um(a) ESTADISTA. Aqui, sim, dona Dilma, o "A" final se aplicaria também à Senhora, claro, se a Senhora fosse realmente uma estadista e não uma simples "presidenta indecenta".

Análise complementar

O *status quo* vai sendo mantido. Está tudo explicitado na resenha acima.

19. Programa eleitoral de 30/09/2014
Resenha postada em 01/10/2014 às 07h58min

DILMA Tecnicamente um programa muito correto: insiste nas propostas desde o início da programação, "água mole em pedra dura", fazendo parecer que elas são viáveis. Dá umas porradinhas na credibilidade dos adversários, mostrando as "contradições" deles. E no final, já que estamos na semana da eleição, ensina como votar. No 13, é claro!

Análise complementar

A linha estratégica e editorial da sua comunicação foi mantida durante toda a campanha.

Exageros, mentiras e distorções à parte, mostrou o que fez e como isso ajudou a população. Mesmo sem uma rubrica específica, apresentou um "Programa de Governo" e se posicionou capaz de implementá-lo.

13, o número para a votação, esteve sempre presente, e no final foi o único programa que mostrou como votar.

MARINA Tornou-se candidata por ocasião da morte de Eduardo Campos, cresceu nas pesquisas em cima da emoção daquele momento. Aí, durante a campanha, quis ser aceita racionalmente, tentando mostrar-se preparada para a presidência... e está desabando nas intenções de voto. Neste programa, voltou para emoção, com a presença da família do falecido. Será que não vai parecer oportunismo? Acho que vai...

Análise complementar

Com uma comunicação medíocre, não conseguiu manter a espetacular intenção de voto provocada pela emoção da morte de Eduardo Campos. Sua campanha não conseguiu dar uma razão evidente e clara para as pessoas votarem nela.

Teve a pior apresentação — entre os três candidatos competitivos — do ponto de vista de utilização dos recursos técnicos do *marketing* político.

40, o número de voto na urna, foi muito pouco trabalhado.

AÉCIO Programa muito forte de ataque a Dilma, apresentando trechos do debate da Record, em que fala sobre corrupção e maioridade penal — do outro lado da tela, a candidata com cara de tonta.

Depois, despejou um balaio de propostas sem eira, nem beira — como dizem os mineiros. Devia ter aprendido, com o pessoal do PT, que isso é um processo que se estabelece durante toda a programação e não uma descarga no fim da festa.

Ah, sim, e seu programa não mostra como se vota — deve achar que todos tem obrigação de saber...

Análise complementar

Não são os programas finais o local para apresentar propostas e mais propostas, tentando cobrir uma lacuna aberta em todo o período de propaganda eleitoral.

Campanha desnorteada, sem linha estratégica, confusa editorialmente, algumas vezes acertava a mão, muitas vezes cometia erros até grosseiros. Para usar uma expressão mineira, "quando puxava o cobertor para cobrir a cabeça, os pés ficavam de fora".

O 45 apareceu menos do que devia, chegaram a ignorá-lo no *jingle* (aliás, campanha com três ou quatro músicas faz com que o público, simplesmente, não cante nenhuma).

20. Programa eleitoral de 02/10/2014
Resenha postada em 02/10/2014 às 21h59min

AÉCIO Veio com um belíssimo diferencial: a família, uma entidade que os outros não têm (ou não mostram).

Bateu na corrupção e mostrou seu crescimento na intenção de voto (ajudado pelo *Jornal Nacional*) que poucos momentos antes o apresentou em empate técnico com Marina — a curva dele para cima, a dela para baixo.

Mas para variar, o programa não mostrou como se vota, não destacou o 45 — eles acham que todos têm obrigação de saber. E apresentou uma nova música... para quê? A que vinha tocando era boa, bonita, simpática, já estava memorizada. A nova... sei lá como é... dava o nome dos estados brasileiros... mas para saber isso é melhor olhar no mapa, pô!

Análise complementar
Família legal, apesar de a esposa se mostrar excessivamente produzida, parecendo uma Barbie. As pessoas não gostam de excessos — não gostariam de vê-la desleixada, mas certamente não apreciam alguém arrumada demais.

O empate técnico entre Aécio e Marina, mostrado no *Jornal Nacional*, certamente ajudou na tomada de decisão de uma horda de eleitores que estavam aguardando uma definição, dentro daquele espírito "vote em quem tiver melhores condições de derrotar o PT".

Aqui começa a se explicar o grande crescimento do senador mineiro no frigir dos ovos do primeiro turno.

A nova música era simplesmente ridícula — uma grosseira aula de geografia para analfabetos.

DILMA Lançou a campanha do segundo turno, com novo *slogan*: "Governo novo, ideias novas". Nada de novo, nenhuma ideia: o que diz que fez, o que diz que vai fazer — o velho desfilar de imagens e conteúdo publicitários.

Para variar vai fazer até as leis de combate à corrupção — ela fala a palavra com a cara bolachuda de "presidenta inconscienta", como se não fosse com ela — e com o PT — que a corrupção cresceu e se estabeleceu.

E veio o Lula com a arenga do segundo mandato melhor que o primeiro.

Bem, nisso ele até pode ter razão: Dilma jamais conseguirá ser pior do que tem sido!

Análise complementar

A conclusão é que o PT soube entender e trabalhar melhor dentro dos preceitos de um *marketing* político moderno.

Baixarias e restrições éticas à parte, a estratégia de avançarem para o segundo turno, mantendo a intenção de voto que tinham desde o início, estava sendo cumprida.

(Depois de dois meses do novo governo de Dilma, somos obrigados a confessar que a avaliação do Lula — segundo governo melhor que o primeiro — revelou-se absolutamente incorreta.)

MARINA Favela ao fundo, falando da corrupção do governo atual: defensiva, atropelada, perdedora.

O programa acaba e você se pergunta: o que foi que ela falou mesmo? Na eleição passada começou com pouco e acabou com 20%; nesta começou com muito... e arrisca acabar no mesmo patamar.

Conclusão: o Brasil e nós, o povo, estamos mal!!!

Análise complementar

Já na análise de Marina, que foi se esvaziando gota a gota, igual as reservas de água de São Paulo, a repetição da intenção de voto nos 20% comprova que a falta de uma estratégia adequada não é recomendável. O *marketing* político é como a chuva, que enche mananciais e rega as hortas eleitorais.

CAPÍTULO 3
O debate que decidiu o primeiro turno

"O eleitor brasileiro pensa mais antes de votar, decide um pouco mais tarde. É um amadurecimento."
(Chico Santa Rita, entrevista a **Campaigns & Elections** Brasil – dezembro/2011)

Na sexta-feira, 2 de outubro, ao final da propaganda eleitoral gratuita, a TV Globo promoveu o debate entre os candidatos, o último grande evento público de comunicação, antes da eleição de domingo.

As pesquisas de intenção de voto mostravam Dilma com presença garantida no segundo turno, Marina e Aécio disputando a segunda vaga. Para os dois era a hora do tudo ou nada.

Houve a grotesca participação de candidatos nanicos — o eleitor teve que assistir bate-boca entre Luciana Genro e Levy Fidelix, as explosões verdolengas de Eduardo Jorge, a salvação literal da pátria pelo pastor Everaldo. Mas o grande foco estava no comportamento dos três competidores com chances reais.

Dilma começou insegura, lendo informações, gaguejando. Mas foi se ajeitando em cena, bem preparada que estava pelos seus profissionais de *marketing*. Nas três vezes em que foi fortemente questionada por Aécio saiu pela tangente, esgrimindo expressões como "a inflação está sob controle!". Para efeitos externos, desempenhou a contento o seu papel de mentirosa oficial.

Marina teve que engolir que "esteve durante vinte e quatro anos no PT". Seu maior argumento era insistir que tinha um "Plano de Governo". No geral, estava abatida, chata, derrotada. A imagem que passava fisicamente era mais para líder seringueira, do que para estadista. Foi isolada pelos próprios debatedores. Sempre que possível,

| De como Aécio & Marina ajudaram a eleger Dilma |

Dilma e Aécio preferiam debater entre si — estratégia correta de *marketing* político: o candidato forte não pode deixar de duelar com outro forte; escolher fazer pergunta para um fraco é sinal de fraqueza própria.

Aécio esteve sempre muito bem, passava tranquilidade, seriedade e competência. Melhor aqui, do que na maioria dos programas do horário político. Foi firme, fustigando as adversárias com perguntas e respostas muito pertinentes. Deixou clara a tramoia do que chamou de "quadrilha da Petrobras", apontou as contradições de Marina, e quando foi ofendido por impertinências de Luciana Genro, decretou: "a senhora não está preparada nem para ser ... candidata!".

Marina vinha em linha de intenção de votos decrescente desde o início da propaganda eleitoral, enquanto Aécio tinha começado muito mal, mas agora apresentava uma reação final.

Analisando o conjunto do debate, sabendo que o país comentaria o acontecido no dia seguinte, desde já ficava claro para nós que Aécio tinha alcançado condições de vencer a batalha contra Marina, para ir ao segundo turno. O cruzamento das linhas, invertendo a posição dos candidatos, deu-se no meio daquela semana, e o *sprint* final do candidato tucano ocorreu nos últimos dois dias, após o debate.

Os números finais do primeiro turno ficaram assim:

	Votos reais	**Votos válidos**
Dilma	37,57%	41,59%
Aécio	30,31%	33,55%
Marina	19,26%	21,32%

(Os "votos reais" consideram os brancos e nulos, que são desconsiderados nos "votos válidos".)

CAPÍTULO 4

Segundo turno:
Os erros de Aécio se agravam

"Ganha uma eleição, assim como a perde, aquele que
cria e desenvolve os fatores e as condições para isso.
Condições ideais, que levam à vitória. Ou condições
equivocadas, que conduzem à derrota."

(Chico Santa Rita em *Batalhas eleitorais* – novembro/2001 – pág. 232)

A s resenhas diárias mostram o que aconteceu na comunicação dos candidatos durante o desenvolvimento do segundo turno. Também foram escritas e postadas no Facebook no momento seguinte à ocorrência dos fatos. Os textos vão identificando as razões que fizeram Aécio sair na frente, mas ir perdendo terreno gradativamente, até a derrota final para Dilma.

1. Programa eleitoral de 09/10/2014
Resenha postada em 10/10/2014 às 06h34min

DILMA Estratégia = explorou duas vertentes.

1. Atacar Aécio tentando impedir que ele se consolide na liderança: os tucanos faliram o Brasil; falam mal dos pobres pela boca do líder máximo FHC; quando no governo, produziram desemprego e fome; agora perdeu a eleição na terra dele — Minas.

2. Apresentar seu mote de ocasião — Governo novo, ideias novas — como se o PT não estivesse no governo há doze anos. Pura cara de pau, prometendo fazer tudo o que já deveria estar sendo feito. *Show* de governadores eleitos, a começar por Minas, claro.

Análise complementar

Minas Gerais: aqui está o grande calcanhar de Aquiles, um problemão, que não foi entendido pela campanha tucana desde o primeiro turno. Em vez de isolar a questão, ainda foi responsável por acirrar a discussão. Nos dois turnos, os *slogans* (que sintetizam a estratégia de Dilma) deveriam ter sido combatidos desde o início. Ela assume uma sutil *mea culpa*, reconhece que há políticas que não foram completamente implementadas; mas vai corrigir, vai mudar. Vitimiza-se e em seguida retoma a força, afirmando que vai fazer as mudanças que o país precisa, daqui para a frente.

Como a estratégia não foi questionada no tempo certo, os *slogans* viraram marcas fortes da campanha.

Conclusão: programa correto e eficiente.

AÉCIO Estratégia obscura, fez uma colagem com algumas bobagens:

1. Exaltou a mineirice dele e do avô Tancredo.
2. Fez uma fala longa e chata — só sobrou o agradecimento a quem votou nele e o chamamento aos que não votaram.
3. Apresentou um *jingle* "geográfico" citando o nome de todos os estados brasileiros.
4. Apareceu a biografia dele — que deveria ter sido reprisada nos programas do primeiro turno.
5. Mostrou os apoios que está recebendo. O PSB sem Marina (ainda indecisa), e candidatos sem peso, como Eduardo Jorge (PV) e Pastor Everaldo (PSC).
6. Comparou-se diretamente a Dilma — claro, com vantagem para ele.
7. Mostrou números produzidos por uma tal "Pesquisa Paraná", liderando com folga — credibilidade zero.

Conclusão: o melhor programa de Aécio foi o *Jornal Nacional*, que o antecedeu: cacete no escândalo da Petrobras; pesquisa com credibilidade mostrando um empate técnico, mas com o mineiro na frente.

Os dois mais importantes institutos — Ibope e DataFolha — davam exatamente os mesmos números:

Aécio 46%
Dilma 44%

E noticiou que a Justiça não viu irregularidades no caso do aeroporto de Cláudio.

Entrar na briga de ataques com Dilma pode ser prejudicial para ele e bom para ela. Melhor seria se também na TV propusesse uma campanha limpa, como está fazendo nas redes sociais. E desse o bom exemplo.

<u>Análise complementar</u>

1. Tancredo Neves é personagem importantíssimo da história do Brasil... e assim deveria ter sido tratado, sem regionalismos que nada acrescentam. Afinal, Aécio era candidato a presidente, não a governador de Minas.
2. O principal (agradecimento e chamamento) se perdeu num palavrório inútil.
3. Mais um *jingle*... Pior, uma grande bobagem musical, semelhante a aquela do primeiro turno na qual chamava o nome de pessoas.

Será que os criadores (além dos produtores e dos aprovadores) dessa besteira pensam que, falando em Bahia, Ceará, iriam conquistar votos de baianos e cearenses? Santa ingenuidade!

4. Candidato que tem que mostrar biografia no segundo turno é porque alguma coisa de errado fez no primeiro.
5. Os poucos votos de Eduardo Jorge e do Pastor Everaldo podem ajudar, claro. Mas será que a vinda deles não é natural?

6. Comparar-se à adversária é obviedade grosseira. O candidato deve se apresentar bem e deixar que o eleitor faça a comparação.
7. Outro problema endêmico da campanha: apresentar pesquisas saídas do fundo de algum baú, sabe Deus situado onde. No Paraná, talvez.

Conclusão:

1. Pesquisas do *Jornal Nacional* com credibilidade absoluta, mostravam claramente que a candidatura estava arrebanhando a insatisfação da população (índices de desaprovação do governo) e também um movimento anti-PT. Esses sentimentos, bem trabalhados, poderiam ainda crescer, pois havia campo estatístico para isso. Ou, no mínimo, se estabilizarem, levando o tucano à vitória.
2. A falta de estratégia e de comando competente no *marketing* e na comunicação da campanha levam a ter uma atitude na TV, outra na internet (propondo a "campanha limpa"), outra nas ruas.

2. Programa eleitoral de 10/10/2014
<u>Resenha postada em 11/10/2014 às 09h45min</u>

<u>**AÉCIO**</u> Ainda sem estratégia bem definida, veio com o DataFolha, que lhe dá ligeira vantagem, emendada com "povo fala" dando respaldo.

Repetiu, com muito oportunismo, trecho do debate da Record no primeiro turno, em que ataca os escândalos da Petrobras, ao lado da imagem de Dilma, com cara de tacho — redonda e sem graça.

Para não acertar em tudo — como sempre faz —, despejou propostas absolutamente sem credibilidade: computação gráfica que irrita as pessoas.

No final veio novamente com a biografia: acerto. Onde fala que recebeu 92% de aprovação em Minas[5]: erro. As pessoas se perguntam: então por que perdeu a eleição lá?

E no final, mais uma besteira: um cabeludo sem credibilidade pede que as pessoas raciocinem para escolherem entre ele e Dilma.

Análise complementar

Os números da pesquisa DataFolha (46% Aécio e 44% Dilma) trazem uma boa notícia, mas também deveriam trazer uma preocupação para o *marketing* da campanha: a intenção de voto em Dilma é mais consistente, pois ela já veio com um bom desempenho no primeiro turno. A intenção em Aécio é mais fluida, mais emocional — é um "cristão-novo" que está ali, à espera do que vai acontecer. (Veja-se o que ocorreu com Marina quando Eduardo Campos morreu: foi alçada a uma posição privilegiada, mas não conseguiu – ou não soube – segurar aqueles votos.)

A campanha tucana deveria, a partir daí, implementar uma estratégia para consolidar a posição de liderança e ainda partir para a conquista de mais uns indecisos. Não foi isso o que se viu.

Os erros se repetiram, e um dos mais grosseiros entre eles foi a insistência em afirmar que Aécio deixou o governo com 92% de aprovação.

A pergunta óbvia das pessoas (e o PT também explorou isso com precisão) passou a ser o fracasso eleitoral em Minas.

Fracasso duplo: Aécio (39,75%) *versus* Dilma (43,48%)[6] na eleição presidencial. E o candidato do Aécio a governador (Pimenta da Veiga) perdeu o governo de Minas no primeiro turno para o candidato do PT (Fernando Pimentel 52,98% *versus* Pimenta da Veiga 41,89%).

---

[5] Pesquisa VoxPopuli/Fiemg de 29-31, março 2010 com 800 entrevistas em MG.
[6] Números oficiais do TSE.

Mas não é só isso: 92% é um número que ninguém sabia ao certo de onde tinha sido tirado. E é muito alto, tem tudo para ser inventado.

E foi!

A aprovação registrada na pesquisa Vox Populi/Fiemg era de 76% (ótimo + bom), aos quais a campanha tucana somou um "regular" de 16%. Uma campanha decente não comete esse tipo de fraude. Porque não é correto e porque o adversário pode descobrir e fazer com que o número seja desacreditado, com o candidato que o apresenta.

Claro que o pessoal do PT deve ter checado a informação, mas não precisou desmenti-la, pois havia um fato maior e mais importante a ser considerado: a dupla derrota de Aécio no seu estado.

De todo modo esse número da "aprovação" era coisa do passado — quatro anos atrás. Perder duplamente a eleição em Minas é um fato irrefutável, recente, fresquíssimo na cabeça das pessoas. Um tiro de canhão.

DILMA A cara de tacho dela não é de cobre, como seria de bom tom: é de pau! Tentou mostrar-se como paladina da moralidade anticorrupção.

Depois veio cacete brabo em cima da tucanada: FHC, mensalão do Azeredo, metrô de São Paulo e até o Clésio Andrade, que um dia lá atrás foi vice de Aécio.

E ressaltou que Aécio perdeu em Minas — c.q.d!!!

Análise complementar

Marketing político tecnicamente correto:

- está se vacinando contra os ataques que certamente virão, denunciando a roubalheira da Petrobras;

- dando cacete nos tucanos, está atingindo Aécio, no momento em que ele mais precisa de tranquilidade e credibilidade;
- e a derrota dele em Minas veio coroar tudo.

A batalha 92% *versus* derrota em Minas estava só começando. Como é que os gênios do *marketing* aecista não perceberam o perigo da bomba, cujo pavio eles mesmos acenderam?

3. Programa eleitoral de 11/10/2014
<u>Resenha postada em 12/10/2014 às 06h34min</u>

<u>**DILMA**</u> Estratégia: atacar Aécio. Está certa, pois tem que tentar segurar o crescimento dele. Para isso mente sobre o "estrago" que o governo FHC teria feito na economia; sobre as "medidas impopulares" que Aécio "promete" tomar. Faz isso por meio de apresentadores e depois aparece pessoalmente como salvadora da pátria, dentro do espírito "fez tudo e descansou no 7º dia".

Fica impactante quando mostra que venceu a eleição em Minas (verdade!) enquanto o adversário apregoa que saiu do governo com 92% de aprovação (será mesmo?).

<u>**Análise complementar**</u>

O ataque ao governo FHC não mexe muito com as pessoas — é coisa do passado... Mas a demonização de Armínio Fraga faz com que ele vá se tornando um ícone negativo, ligado a Aécio.

O *link* "estrago" + "medidas impopulares" é mais perigoso, pois atinge diretamente o adversário de agora. E a forma de trabalhar as ideias (apresentadores + salvadora da pátria) é correta.

AÉCIO Estratégia: atacar Dilma. Em geral, não é boa postura para quem está na frente, como ele estava até então. E fica muito ruim quando o ataque sai da própria boca do candidato que falou duas vezes o nome da adversária.

A defesa é correta quando mostra carta de Dilma, rasgando elogios a FHC e ao governo dele e quando defende o Plano Real, que estabilizou a moeda. Também é boa quando faz rir mostrando que o governo do PT sugeriu que, na falta de carne, o pessoal devia comer mais ovo. E faz pensar quando mostra o contraponto com os ataques de Dilma — para ela o inimigo é o Aécio. Para este, o inimigo é a inflação, a corrupção etc.

O *jingle* bom, permeado por apoiadores, acrescenta emoção. As propostas em computação gráfica, mera distração.

Conclusão: O pior programa de Dilma e o melhor de Aécio continua sendo o *Jornal Nacional*: cacete na Petrobras e, por consequência, no governo do PT; uma carta compromisso de Aécio, que desmente a "presidenta nervosenta"; o mineirinho esperto nos braços da família de Eduardo Campos.

Análise complementar

E olha aí os 92% de novo.

(Pelo jeitão, a campanha petista sabe aquilo que a campanha tucana ignora: o grande estrago que isso causa na intenção de voto do Aécio.)

O candidato a Vice, senador Aloysio Nunes Ferreira, é bem articulado, tem credibilidade, poderia estar sendo usado para esclarecimentos e ataques diretos à candidata petista. Tinha feito esse papel com muita competência em 1990, atacando Maluf, enquanto Fleury (de quem Aloysio era vice) ficava livre, leve e solto, apresentando propostas para governar o estado de São Paulo.

De todo modo, essa história de que "a melhor defesa é o ataque" pode valer, sem restrições, para as guerras militarizadas. No *marketing* político não é bem assim. Há que saber defender e atacar nos momentos certos. Mais um *jingle* (o quinto?) que ninguém vai cantar porque as pessoas não terão tempo de aprender a letra.

4. Programa eleitoral de 12/10/2014
Resenha postada em 13/10/2014 às 12h57min

AÉCIO Fez um programa de extraordinária consistência política. Começou em Pernambuco, recebendo o apoio da família Campos com abraço emocionado de Renata, mulher de Eduardo, ladeada por Magdalena Arraes, a patriarca mulher de Miguel e mais o discurso forte do herdeiro João Campos.

Na sua fala, Aécio fez, com credibilidade, juras de amor ao falecido, ao legado político dele e ao Nordeste como um todo. Aí seguiram-se suas propostas para a região (pena que ilustradas com a inconsistência da computação gráfica).

E para fechar com brilho expressivo, veio Marina Silva que, apesar da cara emburrada de sempre, deu o seu apoio e prometeu o seu voto. Aécio arrematou dizendo que ela nada pediu e que o apoio não dependia de acertos, de cargos e outras mutretas. Bingo!

Para ser perfeito faltou o candidato fazer uma menção ao dia das crianças e da padroeira do Brasil. Havia tempo para isso e teria pegado bem.

Análise complementar

O grande problema da campanha tucana é que esses programas consistentes são exceção e são isolados, já que falta o acompanhamento de uma linha estratégica.

A computação gráfica é um recurso que, no *marketing* político, deve ser usado com muita parcimônia, pois as pessoas criticam e desconfiam dele: "Isso é truque de televisão".

Essas presenças valem mais para mostrar que Aécio não está sozinho. Afinal, os apoios de Marina têm representado muito pouco – veja-se o próprio Eduardo Campos que não cresceu nas pesquisas depois de trazer Marina para sua Vice. Considere-se também que agora o apoio demorou alguns dias para sair – fato que por si só deslustra a atitude.

E sempre acaba faltando alguma coisa no programa: a ausência de menções a eventos do calendário acaba mostrando que a campanha, que certamente não tem estratégia, também não tem agenda, não tem a percepção do que acontece no país, além das montanhas mineiras.

DILMA Tirou o *blazer* vermelho de diaba e veio toda de branco, anjinha protetora das crianças e da família. Programa especial do dia das crianças, mas com o despautério de sempre: antes era tudo uma merda, ela e o PT consertaram tudo e, se reeleita, teremos como brinde nada menos que o céu aqui na terra — as crianças norueguesas vão ficar com inveja.

Novidade: no final reapareceu o *slogan* do primeiro turno: "mais mudanças mais futuro". (Será que as pesquisas apontaram que o "Governo Novo, Ideias Novas" não pegou?)

ATENÇÃO: Se alguém souber por onde anda o guru geral (Lula), favor avisar no comitê central da campanha. Até agora (já se foi um terço do tempo de propaganda neste segundo turno) e ele não deu o ar da sua (des)graça. O "poste" da vez está ficando mais sem luz...

Análise complementar

Ela pontifica como quer e continua faltando o contraponto crítico, que deveria estar na programação do adversário. As pessoas aceitam bem essa discussão programática, porque entendem que não é um ataque mostrar, por exemplo, que a educação das nossas crianças é muito deficiente. Todos conhecem a real situação. O que esperam é que seja apresentada, também, a forma de resolver o problema.

A troca de *slogans* pode ser uma simples distração do editor de imagens, que passou despercebida pela checagem final do programa pronto.

5. Programa eleitoral de 13/10/2014
Resenha postada em 13/10/2014 às 21h39min

DILMA Voltou ao traje vermelho e às mentiras. Comparar a economia do Brasil, num governo tucano que começou há vinte anos e terminou há doze anos... pô! ... é, no mínimo, uma tapeação para o povão, que talvez não consiga entender essa defasagem de tempo. É preciso compreender que o Brasil cresceu nesse tempo, fosse quem fosse o governo. Até e apesar do PT e da roubalheira.

Nas obras continua "eu fiz tudo e descansei no 7º dia". A Lei Maria da Penha parece ter sido feita por ela. E agora vem com uma outra invencionice: "a casa da mulher brasileira". Bem... já há cinco (!) delas em construção. Atenção 102.609.055 mulheres brasileiras: podem começar a fila na porta para serem atendidas!

Alvíssaras! Lula de volta! De volta?! Não foi bem assim. Falou um texto gravado no início do primeiro turno, reaproveitado pelos gênios marqueteiros da "presidenta incompetenta". Cadê ele para comentar as trapalhadas dessa "posta" que ele inventou? Atenção, apressadinhos: não vale trocar o "p" por "b"... estamos combinados?!

Análise complementar

É a prática petista de sempre: jogar a culpa no governo FHC e, por tabela neste caso, jogar Aécio para a defensiva. Olha o Armínio Fraga aí de novo.

Mas também não há ninguém, na campanha tucana, encarregado de desfazer o enredo falso dessa questão temporal. Apesar de Aécio, agora, ter um tempo de TV igual ao da sua adversária.

A campanha dele também não está conseguindo desmistificar essa fórmula de mostrar tudo arrumado, um mundo de fantasia... feito pelo PT para nossa alegria e felicidade geral da nação.

AÉCIO E seu programa merecem parabéns: repetiram aquilo que chamei ontem de "extraordinária consistência política": a emoção em Pernambuco, com o apoio da família Campos; a Marina apoiando (ufa!) hoje com um discurso mais ampliado; propostas para todo o Nordeste.

Finalmente entenderam que a televisão é a arte da repetição. Das coisas boas como essa e não daquela besteira dos 92% de aprovação do Aécio ao deixar o governo mineiro...

Quem sabe eles aprendam mais até o fim da eleição. Tomara!

Análise complementar

Enquanto isso, os 92% de aprovação *versus* derrota de Aécio em Minas estão também nos comerciais do PT, por toda parte fazendo um estrago gigantesco.

Incrível: também a campanha de Aécio continua com o tema no ar, parece que sem perceber esse estrago. Será que não assistem aos programas e comerciais da adversária? Se assistem, por que não reagem? Será que as pesquisas qualitativas não apontam isso? Ou será que estão sendo interpretadas de forma incorreta?

É a informação descuidada que, desmistificada por fatos incontestáveis, vira uma bola de neve ladeira abaixo. Destrói tudo o que atropela, inclusive o efeito de programas de TV bons, que poderiam acrescentar pontos ao perfil do candidato.

6. Programa eleitoral de 14/10/2014
Resenha postada em 15/10/2014 às 00h48min

AÉCIO Programa ruim, simples colagem, começa gastando um tempão debatendo o piso salarial dos professores de MG = emoção total em SP, RS, AM, GO etc. Continua com a reprise de uma reunião tipicamente encomendada com sindicalistas — como todos sabem, uma categoria profissional de alta credibilidade.

E para finalizar, repetem a biografia. Uivamos no primeiro turno pedindo que mostrassem o candidato desconhecido. Agora perdem tempo mostrando um competidor que todos já conhecem.

Olha, gastar inutilmente dez minutos no horário nobre da TV — em todo o Brasil — é... sei lá o que é...

Análise complementar

Isso é o que se chama "não saber o que fazer!".

Jogar esse precioso tempo de presença no rádio e na TV é... se encaminhar para o inevitável cadafalso da derrota.

DILMA Programa ruim, simples tentativa de amenizar o estrago que Aécio deve estar causando com seus apoios em Pernambuco e com Marina, a *new*-pernambucana, sempre mal-humorada.

O Nordeste está uma maravilha; você aí, idiota (e eu) não sabíamos: Dilma fez tudo. O elevador Lacerda, os rios Beberibe e Capiberibe... e a transposição do rio São Francisco. Claro que ela não cita que a obra está quatro ou cinco anos atrasada e quatro ou cinco vezes superfaturada.

E o Lula apareceu!!! Reaproveitamento de gravação antiga na beira das águas correndo. O que ele disse? O de sempre... nem dá para lembrar.

Conclusão: Lula está fugindo, tentando preservar sua imagem, preparando-se para 2018. Ele já sabe que a "presidenta posta" que ajudou a eleger está fadada a voltar para a insignificância! Dele e dela...

Análise complementar

Mas o tempo vai passando, com a posição dela se consolidando. Já há indicações da reação dela nas pesquisas... tudo o que o PT queria.

Debate Eleitoral Band - 14/10/2014
Resenha postada em 15/10/2014 às 08h34min

Fui dormir com o estômago embrulhado por ver tanta baixaria, tanta porcaria. É muito triste pensar que vivemos e amamos este país que tem uma presidente de nível intelectual e, principalmente moral, tão rasteiro. Para terem uma ideia, foi chamada de "leviana e mentirosa" e teve que engolir. Sabem por quê? Simplesmente porque ela sabe que é isso...

7. Programa eleitoral de 15/10/2014
Resenha postada em 15/10/2014 às 21h53min

DILMA O mote é que o Aécio perdeu em Minas: quem o conhece não vota nele. Estão exagerando na dose!

E o programa caprichou nos ataques, usando também momentos escolhidos da atuação de Dilma no debate da Band, na noite anterior: aeroporto, nepotismo, problemas na saúde, na educação, depoimentos com credibilidade.

Enfim, fizeram o serviço que a campanha do PSDB não faz corretamente com as brutais irresponsabilidades e roubalheiras do governo do PT.

Ah, sim, e cadê o acendedor de poste e de "posta"?

Análise complementar

Estão exagerando porque têm pesquisa e sabem que o bordão pegou e fere o adversário profundamente. Só não viu que isso iria acontecer, quem não quis ver. Ou não teve competência para ver.

Quanto aos ataques, a estratégia é muito simples: não deixar o adversário respirar.

São tantas as questões a responder, que o pessoal adversário (que parece não entender de *marketing* político) fica sem saber por onde começar. Às vezes parece que ainda estão fazendo as campanhas de Aécio governador e senador.

Não souberam fazer a lição de casa, agora estão à frente da prova final.

Quanto a Lula, certamente não tem aparecido porque as pesquisas mostram que é hora de Dilma parar em pé sozinha. Deverá ter aparições pontuais.

AÉCIO O mote é que agora ele já está ganhando em Minas. Mas para isso apresentam a pesquisa do Instituto Veritá. Conhecem? É... eu até conheço: é um pequeno instituto de Uberlândia (MG) que trabalha direitinho. Mas não tem credibilidade nacional.

Depois apresentou seus bons momentos do debate, pressionando a "presidenta nervosenta". No final — acreditem! Juro que é verdade! — veio um novo *jingle*, uma paródia boba de música da Ivete Sangalo. Eu, que sou meio tonto, pergunto: faltam dez dias para a eleição, a música que vinha tocando era boa ... será que é hora de mexer com isso?

Sabem como Aécio pode liquidar a fatura? Com uma pesquisa Ibope, ou DataFolha, que lhe dê dois dígitos de vantagem em Minas. O resto é perfumaria, com cheiro e gosto de comida mineira amanhecida.

Análise complementar

Mais um tiro no pé!

A pesquisa Veritá apresentada dava Aécio (53,2%) liderando e Dilma (46,8%) na rabeira.

Na hora em que a pesquisa (mineira) for questionada, mesmo que seja verdadeira, vai ser difícil explicar. Desde o início isso nos pareceu aquele dito popular mineiro de tentarem "tapar o sol com a peneira".

Pois não é que o diretor do Veritá acabou revelando mais tarde que a pesquisa foi usada de forma errada? O título da reportagem da *Folha de S.Paulo* (30/out/2014) é comprometedor: "Campanha de Aécio usou pesquisa com dados enganosos".

Realmente só um Ibope, ou um DataFolha, com a credibilidade intrínseca que têm, poderiam limpar essa barra. Mas esses institutos não trabalham com pesquisas fajutas...

Mais um *jingle*?

Absolutamente incrível!

Meu Deus, eles não entendem o que fazem. É preciso repetir: *marketing* político é a arte da repetição. Não é a arte da inovação! Nem da esculhambação!

8. Programa eleitoral de 16/10/2014
Resenha postada em 16/10/2014 às 21h47min

AÉCIO Pegou fundo no escândalo da Petrobras – "não dá mais para aguentar" – inclusive com pessoas falando. Depois entrou forte em Minas, apresentando o estado como exemplo para o Brasil – estava quebrado, mas com ele foi recuperado. E fechou apresentando mais uma vez a pesquisa Veritá, mostrando que está ganhando em Minas.

Programa sem grande brilho, mas também sem comprometer demais – a não ser com o apresentador de vasta cabeleira desgrenhada... e pequena credibilidade.

<u>Análise complementar</u>

Até que enfim entrou firme numa questão que atinge fortemente um ponto vulnerável da adversária.

Mas novamente tomar Minas como exemplo (está na boca do povo que ele perdeu a eleição lá na casa dele) e ainda reforçar com a discutível pesquisa Veritá?...

Parece que não percebem que a campanha é nacional. Se querem uma mensagem localizada, devem procurar mídias e ações regionais.

É preciso entender de Brasil, falar para o Brasil.

<u>DILMA</u> Muito em *close*, com a cara bolachuda em evidência, gabou-se de criar a "nova classe média", inclusive com historinha de uma mulher (a famosa quem?) que teria ascendido na vida.

Chico Buarque, muito envelhecido na aparência, veio apoiá-la com ideias também envelhecidas. Igual o ex-presidente do PSB que não conseguia ocultar o ressentimento por ter sido apeado do partido de Eduardo Campos.

E Lula deu as caras! — é verdade, sabe-se que ele tem várias. Na de ontem pediu um momento de reflexão, pois agora as pessoas podem estudar, pegar um avião etc. etc. Tomara que as pessoas também reflitam sobre a roubalheira desenfreada que o governo dele iniciou e o de Dilma está fechando com chave de ouro! Opa! Talvez seja a mesma chave que tem aberto os cofres da Petrobras...

Análise complementar

As histórias narradas pela candidata podem ser demagógicas. Mas são histórias reais de muitos brasileiros, pois realmente ocorreu um crescimento percentual da chamada "classe média". Têm credibilidade. E tornam-se ainda mais críveis quando ninguém faz o contraponto mostrando como essa historinha alegre poderá virar uma tragédia, no futuro.

Não entendemos por que alguns artistas consagrados pela sua obra, como Chico Buarque, acabam se prestando a esse papel, ainda mais considerando que sua influência política é praticamente nula.

Enquanto Lula vem com Dilma, no programa de Aécio, quem pede um momento da sua reflexão é um sujeito de vasta cabeleira tipo "*black power*". Quem é melhor? Lula, ou ele?

Debate SBT – 16/10/2014

Pouco antes do programa eleitoral, o candidato do PSDB simplesmente arrasou a "presidenta confusenta":

- chamou-a de "mentirosa" repetidas vezes;
- apontou as incongruências dela com propriedade;
- pediu respeito a Minas, aos mineiros e aos brasileiros;
- mostrou-se preparado por um lado e agredido por outro.

Análise complementar

Aécio tem tido uma presença sempre melhor, mais consistente, mais coerente, mais decente, quando aparece ao vivo e em cores, sem o encaixotamento a que se submete nos programas de TV. Mérito próprio, liberado das amarras de um *marketing* político incompetente.

É uma novidade: geralmente o(a) candidato(a) tem mais recursos técnicos, fala um texto bem organizado e objetivo nos materiais pré--gravados. E no debate ao vivo pode apresentar falhas de postura física e de articulação verbal, de concatenação de ideias.

É o que acontece com Dilma.

9. Programa eleitoral de 17/10/2014
<u>Resenha postada em 17/10/2014 às 21h24min</u>

<u>DILMA</u> Mostrou os melhores momentos dela no debate da Band: ataques a Aécio. Depois apresentou uma cena do debate da Globo, onde Aécio se estranha com Marina. (Pode? A Globo sempre exige que o debate não seja usado. E tem mais: a legislação impede mostrar pessoas de outro partido. Com a palavra o TSE.)

Depois veio em defesa do emprego e dos direitos do trabalhador, cercada pela pelegada do PT. E com o apoio de Chico Buarque... quem diria?

E no final, Lula revivido disse que "ainda não construímos o país dos nossos sonhos". Uai! Doze anos foi pouco para isso? E também disse que a mudança tem que continuar. Pelo menos se eles mudassem... deixando de roubar.

<u>Análise complementar</u>

Essa prática de mostrar imagens de debate já conta com um acentuado descrédito popular. As pessoas entendem que são apresentados os bons momentos de cada um; ninguém vai mostrar a hora em que gaguejou, em que não respondeu a contento, em que foi questionado por outro(a) candidato(a). No momento em que muitas pessoas pedem mudança, o *marketing* político esperto do PT insiste em que os cordões da mudança estão nas mãos petistas. Isso porque os oposicionistas não souberam se apossar dessa "mudança".

Parece incongruência, para quem já está há doze anos no poder. Mas a falta de questionamento adequado faz com que a afirmação continue com sentido, já que o país está sempre em mudança. Se tudo está bem, deixemos a mudança com quem já está com ela.

AÉCIO Mostrou os melhores momentos dele no debate da Band: ataques a Dilma, mas também propostas e a excelente fala com que encerrou sua participação como um estadista que quer mudar o Brasil para melhor.

Um apresentador mostrou que Aécio é atacado por uma campanha de baixo nível, de mentiras e provocações porque lidera as pesquisas, ameaçando terminar com a orgia petista, à custa do nosso rico dinheirinho.

Fechou o programa com dezenas de artistas de bom nível, de Ney Latorraca aos sertanejos todos, fazendo um apoio que se torna consistente: "por que estou com Aécio".

E no minuto final, caiu nos braços do povo, Brasil afora.

Conclusão: Pelo que os programas mostraram, o melhor no debate foi Aécio, mais uma vez. E, de resto, os dois se equilibraram nessa corda bamba ensaboada que virou o segundo turno.

Análise complementar

Mais uma vez Aécio vai melhor no debate, do que no programa de TV. Mostrar-se atacado é defensivo, redunda em fraqueza.

No caso dele, que vinha mostrando um perigoso isolamento, até que o "remédio" do apoio dos artistas e, principalmente da população, pode ajudar a debelar os sintomas de febre e dor de cabeça.

10. Programa eleitoral de 18/10/2014
<u>Resenha postada em 18/10/2014 às 21h31min</u>

<u>**AÉCIO**</u> Um programa exemplar!

Começou mostrando um projeto para o Brasil, com uma participação excelente de Marina Silva num encontro com Aécio. A indecisa decidiu: Aécio é o novo Lula. Este lutava contra os desacertos da política nos anos 90; o mineiro encarna o papel agora.

Daí foi para um clipe onde artistas + personalidades + populares optam por Aécio.

Daí foi, sem agredir, para um "Por que mudar?", mostrando os problemas que vivemos: inflação, juros, impostos, incompetência etc. ...

<u>**Análise complementar**</u>

Ah, se todos os programas tivessem sido assim.

Aqui podem estar alinhados pontos importantes de uma linha estratégica que deveria ter sido traçada lá atrás.

<u>**DILMA**</u> Um programa demagógico.

Toda de branco, ressaltou o "dia do médico" que foi hoje... Você sabia? Cumprimentou seu(sua) médico(a)? Pois você é um irresponsável... e eu também. (Ô Maísa K... desculpa, vai! Ano que vem te ligo para dar o abração que você merece.)

Mas ela, a "presidenta relutanta", passou rapidinho para o problema da segurança. Bem parecido, né?! E aí... pasmem!!! Prometeu mudar a Constituição! Assim, simples e direto. (O problema é que o povão pode achar que um(a) presidente(a) pode mesmo fazer isso.)

Terminou com Lula, com a aquela cara de... Lula... tentando provar o improvável: é Dilma para continuar o que está aí. Claro que ele não se refere à roubalheira que, todos sabem, começou no governo dele... e ele faz cara de quem não sabia de nada! Toc, toc, toc.

Análise complementar

Desempenhou direitinho o papel que foi escrito para ela.

Mudar a Constituição? Pura enganação nunca questionada com proficiência.

Joseph Goebbels[7] é a inspiração, com a mentira repetida. Aqui, com o trânsito dela facilitado pela desinformação generalizada das pessoas.

Acredite quem quiser: ela vem prometendo absurdos desse nível desde o início da programação... sem nenhuma contestação consistente.

E o povão acaba acreditando.

11. Programa eleitoral de 19/10/2014
Resenha postada em 20/10/2014 às 00h18min

DILMA Metade do programa para falar mal da falta de água em São Paulo, culpa do Aécio, claro, pois é o modelo de governo tucano que ele segue. E ela, como é boazinha, chegou até a oferecer verbas para obras na Sabesp. Evidentemente a estiagem foi ignorada e finalizou com a advertência: "É assim que os tucanos querem governar o Brasil". Só faltou dizer que faltará água até no Amazonas.

Uma revelação surpreendente: "é Aécio quem tenta atingir Dilma com acusações".

Conclusão: Com tantos ataques dos dois lados, quem está sendo atingido sou eu, é a população, somos nós que temos que assistir, por dever de ofício.

Análise complementar

Mais um tema cuja importância não foi corretamente avaliada pelos "estrategistas" tucanos.

---

[7] Ministro da propaganda do Terceiro Reich entre os anos de 1933 e 1945.

Em primeiro lugar, a falta d'água é um fato indiscutível, que atinge a toda a população. Nem é preciso falar: as pessoas vivenciam o problema.

Por outro lado, no mesmo dia em que Dilma fez sua acusação, setorizando o problema em São Paulo (onde o governador Alckmin apoia Aécio), os jornais mostravam a abrangência da estiagem, que atingia vários estados — Rio, São Paulo, Minas, Espírito Santo — uma típica questão nacional.

E sem falar no problema endêmico do Nordeste, com a falida transposição do rio São Francisco. Aliás, uma obra tipicamente petista: muita propaganda, atrasos e superfaturamentos gigantescos.

Mas a campanha tucana omitiu-se, não discutiu, muito menos reverteu a acusação de desídia, jogando-a no colo de Dilma.

Outra esperteza do *marketing* petista: dizer que Aécio é quem atinge Dilma. Assim ela vai ficando liberada para atacar cada vez mais.

AÉCIO Começou com a família em cena: mãe, mulher, irmã, filha e filhos. E a partir daí veio com o programa "Mães de Minas", que evidentemente vai virar "Mães do Brasil", ou algo similar.

Engatou um promessão, despejando "propostas" a granel, com aquela computação gráfica de credibilidade no mínimo discutível. E no final, a reunião apressada, sem explicar direito, dos temas em que o governo Dilma falhou: inflação, impostos, crescimento baixo etc., para no final perguntar: "Você quer mais quatro anos disso?".

Conclusão: O que eu quero de verdade é que essa campanha acabe de uma vez, já que os quatro anos que virão... só Deus sabe como serão!

<u>**Análise complementar**</u>

Depois de um programa exemplar, um programa inócuo. O grande problema da campanha do PSDB é que ela não tem continuidade, porque não tem linha editorial e porque não definiu um plano estratégico.

Salvou-se aqui apenas a parte inicial. Família é sempre bom mostrar, ainda mais para quem foi vitimado por campanhas sórdidas nas redes sociais. Mas também aqui, há que ter cuidado para não exagerar na dose.

Essa família, que aparece apenas quando a programação vai indo para o final, pode causar estranheza e suscitar dúvidas: "por que só agora?". (Sessenta dias após a posse do governo reeleito já se pode entender a nossa previsão sombria. Como serão os quatro anos que virão? Terríveis!)

12. Programa eleitoral de 20/10/2014
<u>Resenha postada em 20/10/2014 às 22h06min</u>

<u>**AÉCIO**</u> Começou mostrando pesquisas: Ibope e DataFolha antigos e uma *Istoé*/Sensus onde diz que tem (Pasmem! Juro que é verdade!) 58,8% contra 41,2% de Dilma. Mas... gente... Estava anunciado desde ontem que hoje sairia pesquisa nova. E o que aconteceu? Pouco antes da bobagem deles, o DataFolha, no *Jornal Nacional* deu três pontos de vantagem para a Dilma[8]. Ou são ingênuos, ou são mesmo incompetentes!!!

Depois veio uma avalanche do que ele fez em Minas quando governador: texto corrido, apressado, terminando com os 92% de aprovação que (eles também não perceberam até agora) não têm credibilidade nenhuma.

Seguiram-se propostas, também atropeladas, um locutor que metralha as palavras... um horror!

---

[8] DataFolha 20.out. 2014: Dilma 46%, Aécio 43% Ver página 126 o gráfico das pesquisas do segundo turno.

Por fim, os debates: modestamente, ele venceu todos! Trechos apresentados sem nenhum sincronismo, nenhuma amarração.

Para terminar, uma boa passeata no Rio e um desnecessário *jingle*. Típico programa de quem está disparado na frente. (Só que o DataFolha no *Jornal Nacional* mostrou exatamente o contrário.)

Análise complementar

Mais pesquisa de baixa credibilidade, com um resultado espantoso.

Será que alguém vai acreditar na pesquisa *Istoé/*Sensus, ou no DataFolha que o *Jornal Nacional* mostrou?

Além de tudo, o candidato ainda passa por mentiroso, pois "tenta enganar que está na frente".

O primarismo da campanha é espantoso. Será que achavam seriamente que todos acreditavam nas lorotas que punham no ar?

A seguir, mostram um mal composto conjunto de ações e obras feitas em Minas Gerais... e voltam com os 92% de aprovação!

Incrível!!!

A campanha virou uma colagem de desacertos.

O sonho começa a se esborralhar...

DILMA Começou com o cacete de sempre, desta vez no Armínio Fraga, nas "medidas impopulares", na economia que vai acabar com os bancos, pois, nas palavras do próprio Armínio, "ninguém sabe o que vai sobrar". Ela, bonitona, vai ficar ao lado do povo.

No tema Petrobras, deu nó em pingo d'água, fazendo crer que a roubalheira é um absurdo e você, aí em casa, pode dormir tranquilo, porque a "presidenta xerifenta" vai acabar com isso, vai punir, prender e arrebentar.

Para cumprir o ritual, um caminhão de propostas. Descabidas, como a "Casa da Mulher", que já tem "três delas sendo construídas", mas que chegam aos ouvidos populares, pois quem falou e mostrou é o cara que está construindo.

Chave de ouro: Lula mostrando que ela tem história, e ... é do povo, enquanto "o outro é um filhinho de papai".

Conclusão: Todos os jornais, rádios e tevês falam da falta d'água. Ontem Dilma cometeu uma insensatez falando do assunto equivocadamente. Hoje Aécio nem tocou no assunto. Perguntamos, com tristeza: é ingenuidade? É despreparo?

Análise complementar

A estratégia continua sendo seguida sem grandes percalços, até porque a comunicação adversária é frágil.

A dosagem ataques + boas intenções + propostas + apoios vai sendo seguida sem grandes solavancos.

13. Programa eleitoral de 21/10/2014
Resenha postada em 22/10/2014 às 10h06min

DILMA O programa em uma só palavra: DINAMISMO.

Começou com um *funk/rap/*sambão de forte apelo popular. Aí veio a reprodução da pesquisa DataFolha: 52 a 48.

Segue-se Dilma num repeteco das conquistas do seu governo:

– mais empregos, educação, médicos, infraestrutura, menos fome;

– introduzindo o tema do dia: apoio à agricultura.

Claro que os números são manipulados, tudo exagerado, *show* de imagens e de apoios. Mas acaba criando credibilidade. Ela diz que o governo está "há décadas sem investir no campo". E ninguém rebate com firmeza, mostrando que a última dessas décadas foi exatamente a do governo petista.

No final, o chamamento de Lula para os indecisos, no caminho da grande vitória.

Análise complementar

Neste programa e neste momento coube corretamente uma nova música para embalar a emoção final. E mais uma vez acertaram: a música é quente, alegre, faz o povão cantar e dançar.

E ela se justifica, ainda mais, quando a seguir é apresentada a pesquisa DataFolha com números altamente favoráveis a Dilma.

E vai no embalo com um balanço das "conquistas" do governo petista. Uma pauta correta, com uma execução primorosa, *marketing* político de primeira.

AÉCIO O programa em uma só palavra: PALAVRÓRIO.

Começa com uma longa fala dele explicando atropeladamente "por que mudar": ideias soltas, sobra pouco na lembrança.

Segue-se um *jingle* em que a expressão máxima é o vazio "Agora é Aécio", que por um lado soa sem sentido, por outro, um certo imperativo. Tenho me perguntado qual a mensagem que essa expressão traz? Alguém sabe?

Aí vêm as "Propostas": soltas, sem uma amarração que lhes dê consistência. Também é assim o povo falando. Mais um *jingle* cheio de sertanejos.

Só no último minuto aparece uma pegada forte. Dilma tinha afirmado, no último debate, que a ferrovia Norte-Sul estava terminada. A reportagem vai lá e mostra que, ao contrário, ela está parada. Tema bom, pouco explorado, solto no meio do palavrório.

Conclusão 1: Dilma mostra por que NÃO MUDAR. Aécio não convence com uma MUDANÇA que não se materializa.

Conclusão 2: O indeciso que assistiu aos dois programas tenderá a optar por NÃO MUDAR.

Análise complementar

Discurso, como esse que abriu o programa, é para a tribuna do Congresso. Aqui, ou o candidato dialoga com a população, ou está ferrado.

(E também não estamos falando daquela outra bobagem inexequível que o PSDB lançou um ano antes da campanha — "Conversa com brasileiros" — onde o candidato falava... e a população ouvia.)

Ah, sim, também veio uma novidade, um grito de guerra musical: "Agora é Aécio!!!".

Será que alguém, até mesmo algum tucano de carteirinha ficou sensibilizado, arrepiado, emocionado... e saiu por aí dançando e cantando "Agora é Aécio!"?

Agora é Aécio quem está atrás de Dilma, em vias de perder a eleição!

E, além de tudo, trata-se de uma imitação grosseira do "Agora é Lula!" de 2002. Naquela época tinha sentido: Lula já tinha sido candidato derrotado três vezes, mas, naquele momento, estava em condições reais de se tornar vencedor.

Quem diria?... O PSDB imitando o PT...

O modelo de denúncia apresentado na história da ferrovia Norte-Sul é excelente. E há dezenas e dezenas de situações semelhantes a essa. Aí vem a pergunta que não pode calar: por que só agora?

E pensar que só faltam cinco dias para a votação, três dias de propaganda no rádio e na TV. A pergunta que milhares de pessoas, conscientes da necessidade de tirar o PT do governo, se fazem é a mesma: "será que vai dar?".

14. Programa eleitoral de 22/10/2014
Resenha postada em 22/10/2014 às 23h14min

AÉCIO Continuou o "palavrório" de ontem, hoje um pouco mais articulado. Abriu o coração ferido pelas mentiras, calúnias e covardias da adversária. Defendeu-se dizendo que vai ampliar os programas sociais, não vai acabar com a importância dos bancos federais etc. Atacou de vítima: "Por que tanto ódio?" E de machão: "Não tenho medo do PT!".

Depois veio Marina, sempre com sua fala onde diz tudo... e não diz quase nada. E veio o apoio de Renata Campos, a viúva de Eduardo... o que ela disse mesmo? E o *jingle*, cantado pelos mesmos.

Dois momentos de questionamento:

- A mocinha e o cabeludo desgrenhado (sem nenhuma credibilidade – não dá para entender a insistência com ele) na mesma ladainha: o PT diz que o inimigo é o Aécio, que diz que o inimigo é a inflação, a corrupção etc. Dá rima, não sei se dá resultado.
- Dilma disse no debate que "a integração do rio São Francisco está em pleno vapor". A reportagem aecista vai lá e pega na mentira.

Conclusão 1: Esses questionamentos técnicos, mais aprofundados e documentados deveriam estar acontecendo há muito tempo.

Conclusão 2: O palavrório inicial tenta fazer com que as pessoas pensem. É a implantação da racionalidade que deveria ter sido feita no início. Não foi. Agora é tarde, pois com os nervos à flor da pele, quem começa a comandar as ações é a emoção.

Análise complementar

Ficar na defensiva, em geral, não é uma boa estratégia. E ademais, palavras, apenas palavras não provam nada.

Perdeu-se no tempo eleitoral o momento em que tinham que ser plantadas as razões que sustentariam a candidatura.

Marina e seu discurso: será que foi corretamente avaliada a (des)importância da presença dela? Também o apoio de Renata Campos foi avaliado além dos limites de Pernambuco?

Nada temos contra essas pessoas. Tudo temos contra as imagens equivocadas que alguns personagens podem estar passando no vídeo.

Essas expressões, neste momento, podem virar, na visão simplista das pessoas, mais palavras e conceituações recalcadas, feitas por quem está desesperado e apela para tudo.

Razão *versus* emoção — este dilema permeia sempre a comunicação no *marketing* político.

Nossa experiência tem mostrado que só pode haver emoção dentro de um sentimento conhecido. Ou seja, primeiro se usa a razão para mostrar o candidato, torná-lo conhecido e, principalmente, apreciado. A emoção vem depois, como corolário desse conhecimento racional.

A comunicação de Aécio tem-se debatido entre razões e emoções jogadas ao léu.

DILMA Veio na emoção, falar "aos corações e mentes dos brasileiros": a vida melhorou, o outro quer fazer o que já estamos fazendo, a certeza de continuar as obras e os programas sociais.

Aí cabe também, e com precisão, o *funk*/sambão popular cantado por gente igual você que *taí* na periferia... Nem precisa dizer, o povão se incorpora.

E a "presidenta gordenta" cai rebolando nos braços do povo, enquanto o inefável Lula compara dois projetos de Brasil: vida melhor para todos (PT) *versus* atraso; os pobres (nós) *versus* os ricos (eles).

Ah! O programão promessão vermelhão acaba interrompido cerca de dois minutos antes de terminar, por "infração da lei eleitoral". Sabe qual foi? Dias atrás, o mesmo capo de *tutti capi* tinha feito uma inocente pergunta: Dilma foi presa pela ditadura... onde estava Aécio enquanto isso? O TSE reconheceu que o então garoto tinha dez anos e deveria estar jogando bolinha de gude em algum lugar...

Isso é um ícone das deformidades que o PT vem cometendo nessa campanha.

Conclusão: O que a propaganda de Aécio não teve competência para apresentar e discutir no momento de estruturar a RAZÃO para votar nele é quase impossível fazer agora, quando a EMOÇÃO comanda o espetáculo.

Análise complementar

Dentro de uma análise técnica de *marketing* político, chega-se à conclusão de que a comunicação petista tem sabido trabalhar os dois sentimentos dentro da ordenação correta.

Abasteceu o eleitor com motivos para votar em Dilma — razão; e agora consolida essa escolha com alegria — emoção.

A questão jurídica (que fez com que o programa do PT perdesse dois minutos do seu tempo) deveria estar mais atenta aos excessos cometidos — e foram muitos — nessa campanha.

A questão operacional, que teria permitido ao PSDB desmistificar o que seu candidato chamou de "rede de mentiras", deveria estar sendo mais bem manejada.

A questão ética bem... isso é que nem gravidez: ou existe, ou não existe.

15. Programa eleitoral de 23/10/2014
Resenha postada em 23/10/2014 às 23h49min

DILMA Praticamente repetiu o programa de ontem: criou empregos, mais médicos, o país cresceu. Tem credibilidade quando diz que tudo será mantido e vai fazer muito mais. Num final para cima cai nos braços das pessoas — gente e mais gente — a imagem montada de uma "mãe do povo".

Análise complementar

A emoção levada às últimas consequências.

AÉCIO Também praticamente repetiu o programa de ontem. Hoje com a pesquisa que lhe dá a vitória, desmentida solenemente pelo *Jornal Nacional*. Programa frio, pregando uma mudança difícil de aceitar. Apesar dos apoios, dá a sensação de estar SOZINHO.

Conclusão: O sonho acabou! Há que se acreditar em milagres...

Análise complementar

No apagar das luzes, mais um erro grosseiro, desmentido ao vivo e em cores pela credibilidade de William Bonner.

Aécio (o programa de tevê dele, é ele) apresentou novamente a pesquisa do Instituto Veritá, dando-lhe a dianteira com 53,2% contra 46,8% de Dilma. (Aquela que a *Folha de S.Paulo* tratou como "dados enganosos".)

O *Jornal Nacional*, grudado nos programas eleitorais, mostra números diferentes do DataFolha[9]: 48% para Dilma, contra 42% para Aécio.

Os números quantificam o desenvolvimento das campanhas no segundo turno: Dilma ganhou quatro pontos, Aécio perdeu quatro pontos.

---

[9] Pesquisa DataFolha de 22-23 out. 2014. Ver na página 126 o gráfico das pesquisas eleitorais do segundo turno.

Conforme fomos indicando na análise do dia a dia, qual campanha estava certa? Qual campanha estava errada?

A "mudança" que Aécio pregava era difícil de aceitar, porque ela não foi corretamente corporificada no decorrer da campanha.

16. Programa eleitoral de 24/10/2014
Resenha postada em 25/10/2014 às 01h23min

AÉCIO Passeio de imagens pelo Brasil — bandeiras, gente, alegria etc. Candidato nos braços do povo.

Pesquisa *Istoé*/Sensus com ele na frente.

Tema: mudança — ele tenta explicar o impalpável.

Apoios: Marina, Neymar (Novidade! Será que vale? Acho que o pessoal gosta mais dos gols dele na seleção...) e mais famosos-quem?

Música: o "Agora é Aécio" sem sentido, acompanhado pelo hino nacional cantado pelo povo, cheio de sentimento.

Denúncia revista *Veja*: Lula e Dilma sabiam de tudo.

Análise complementar

O candidato em clima de festa, enquanto o *Jornal Nacional* estampa sua curva descendente nas pesquisas dos dois maiores institutos brasileiros. A seguir repetem uma nova pesquisa sem credibilidade colocando Aécio com 54,6% e Dilma 45,4%.

Há campanhas que fazem essa jogadinha, tentando manter a motivação da militância. Duplamente errado:

1. A credibilidade vai para as cucuias, com o desmentido natural dos fatos.

2. Programa eleitoral não deve se prestar a isso, já que não faltam ferramentas de comunicação para falar com o pessoal envolvido.

Repetem-se os apoios.

Repete-se a necessidade de "mudança".

Repete-se o "Agora é Aécio!", agora em arranjo mesclado ao hino nacional.

Repetem-se todos os erros!

A capa da revista *Veja*, declarando que Lula e Dilma sabiam de tudo, com relação à roubalheira na Petrobras, é uma "bomba" que, na véspera da eleição, pode virar um foguete de são João.

DILMA Denúncia revista *Veja*: Lula e Dilma não sabiam de nada.

Passeio de imagens pelo Brasil — bandeiras, gente, alegria etc. "Presidenta abraçenta" com o povo.

Pesquisas Ibope e DataFolha com ela na frente.

Tema: mudança — ela mostra que já fez, reconhece que há muito por fazer e se capacita a fazer mais.

Apoios: Lula e mais famosos, quem?

Música: o "*Funk* do passinho", que mexe com todos os sentidos.

Conclusão: Empate técnico. Pela margem de erro podemos afirmar que quem vai perder é o Brasil!

Análise complementar

Não haverá tempo para o tema da capa de *Veja* ser devidamente discutido e digerido. Assim seu efeito será muito reduzido. E fica a dúvida — "será que sabiam?" — como um extintor de incêndio.

Pesquisa por pesquisa, aqui tem a credibilidade do Ibope: Dilma 49% e Aécio 41%; e do DataFolha: Dilma 48% e Aécio 42%[10]. A mudança é de seis por meia dúzia, mas Dilma se coloca mais habilitada a "mudar".

---

[10] Ver na página 126 o gráfico das pesquisas eleitorais do segundo turno.

Debate na Globo – 24/10/2014
Resenha postada em 25/10/2014 às 14h19min

AÉCIO Sempre bem articulado, presença física boa... mas, como peessedebista da gema, fala difícil para o entendimento do grande público. Exemplo: "o perverso aparelhamento da máquina pública" — sabe o que a dona de casa lá em Parelheiros pode pensar? — que um sujeito muito mau quebrou o computador de uma repartição. E vai por aí, com "o crescimento pífio", a "demanda reprimida", "o ministério virou um loteamento político". Em compensação, corporificou a ideia mais importante de todo o debate: "querem acabar com a corrupção? É só tirar o PT do governo!".

DILMA Um pouco mais nervosa do que em debates anteriores, gaguejou um pouco, chegou a se dirigir a uma pessoa da plateia como "candidato"; a uma assistente economista recomendou que ela se qualificasse no Pronatec (programa de cursos técnicos). Manipula números e mente descaradamente, mas como as pessoas não conseguem decodificar, fala para o entendimento total dos telespectadores: "vocês quebraram a Caixa", "nós aumentamos o número de empregos e os salários", "o governo de vocês aumentou a inflação". "Vocês" são os perversos, "nós" somos os salvadores da pátria.

Conclusão: No frigir dos ovos, Aécio pode ter sido um pouco melhor. Mas Dilma acaba fazendo seus pontinhos nas pesquisas.

A decisão ficou para o jogo final, no domingo!

Análise complementar

Dois dias antes da eleição o resultado é imprevisível.

Dilma agora leva de quatro a seis pontos de vantagem segundo as pesquisas Ibope e DataFolha[11].

---

[11] Ver gráfico das pesquisas do segundo turno na página 126.

| De como Aécio & Marina ajudaram a eleger Dilma |

Vem melhor estruturada eleitoralmente, por uma campanha mais competente do ponto de vista do *marketing* político.

Claro que foi ajudada tanto pela campanha desastrosa de Marina, como pela campanha errática de Aécio.

Porém, o candidato do PSDB nesta reta final conta com alguns fatores que lhe podem ajudar:

1. DataFolha e Ibope também mostram uma inversão de tendência: Dilma, que vinha crescendo, começou a decrescer ligeiramente; Aécio, que vinha com a linha de intenção de voto virada para baixo, passou a ter uma tendência positiva.

2. A matéria de capa da revista *Veja* é muito forte e tem condições reais de ser verdadeira. É um tema que pode causar dúvidas na minoria de eleitores que tomarão conhecimento do assunto.

3. E a covarde agressão à Editora Abril (que a imprensa atribuiu a petistas) é incontestável. Esse fato pode ser até mais significativo do que a própria matéria da revista.

4. Na véspera da eleição, o *Jornal Nacional* apresentou um perfil dos dois candidatos, com padrão Globo de qualidade: ambos muito benfeitos.

O de Aécio é mais revelador, pois mostra uma pessoa de bem e um político consistente. Foi a melhor "apresentação" dele em toda a campanha, coisa que nem os programas de tevê do próprio PSDB fizeram com tanta competência. Um tiro na mosca.

O perfil de Dilma também é corretíssimo. Mas a campanha dela fez um trabalho parecido nos dois meses de propaganda eleitoral. Uma saraivada de metralhadora.

* * *

Os fatos criados nos últimos dias realmente ajudaram Aécio a diminuir a vantagem que o separava de Dilma. Mas o tempo foi insuficiente para levá-lo à vitória.

Com o resultado da eleição, Dilma 51,64% e Aécio 48,36% (votos válidos), fechou-se o ciclo de quatro eleições presidenciais seguidas, perdidas pelo PSDB, finalmente justificando o *slogan* final desta última campanha:

- 2002 foi o Serra!
- 2006 foi o Alckmin!
- 2010 foi o Serra de novo!
- Agora é Aécio!

CAPÍTULO 5
O desempenho dos candidatos, em números

"Divida-se neste instante a palavra **"comunica + ação"** e poderemos ter a chave para quebrar a curva declinante das pesquisas e embicá-la para o alto. Só que é necessário inverter os fatores: a **ação** deve sempre preceder o **comunica**."

(Chico Santa Rita em "A estabilidade que falta às pesquisas" – *O Globo* – 24/jun/1998)

As pesquisas mais importantes e de maior credibilidade são feitas pelo Ibope e pelo DataFolha. Os números de ambos em geral são muito parecidos. Escolhemos o DataFolha porque, no período apresentado, esse instituto fez quatro pesquisas a mais.

1. **Popularidade/ avaliação do governo Dilma Roussef – DataFolha**

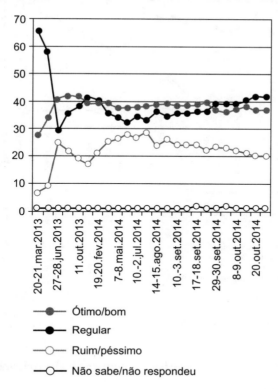

2. **Acompanhamento da intenção de voto, da pré-campanha até o final do primeiro turno**

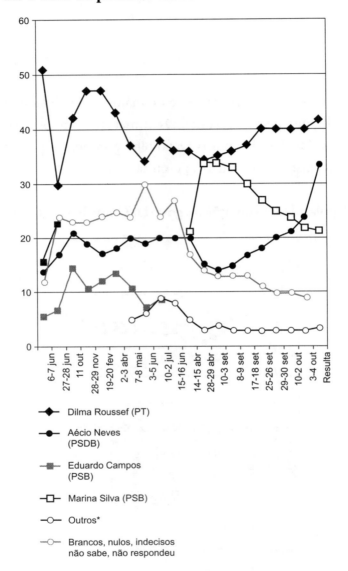

Gráfico de todo o ano – pesquisas – resultado do primeiro turno.
Fonte: Pesquisa DataFolha

É importante observar que a intenção de voto em Dilma ficou sempre muito parelha com os índices de aprovação do seu governo praticamente durante todo o primeiro turno, justificando a tese de que o governante, sem aprovação positiva, não consegue também uma intenção de voto positiva.

Havia, então, um grande espaço para a oposição trabalhar.

Esse espaço se ampliou, como consequência das manifestações populares de junho/2013, quando subiu exageradamente o número de eleitores indecisos.

Quando Marina era candidata isolada (2013), tinha uma intenção de voto regular, que não foi repassada a Eduardo Campos, depois que ela virou vice do ex-governador pernambucano.

Aécio manteve-se estável, próximo dos 20%, durante toda a pré--campanha. Ou seja, toda a comunicação do PSDB, programa e comerciais de TV, não surtiram nenhum efeito. Já deveria ter soado um alarme no comando da campanha tucana, alertando que algo estava errado.

Com a morte de Campos e a confirmação de Marina candidata a presidente, a intenção de voto dela deu um grande salto, empatando com Dilma, enquanto a de Aécio decrescia no início da propaganda eleitoral, bem como também começaram a diminuir os índices de "indecisos".

São fenômenos complementares: na emoção do momento Marina absorveu uma grande parcela do voto oposicionista, já que a campanha de Aécio mostrava uma comunicação deficiente.

Mas a campanha de Marina não se sustentou, entrou em franco estiolamento, ladeira abaixo. E também diminuía o número de indecisos.

Dilma se manteve estável e o voto anti-PT acabou se concentrando em Aécio.

| De como Aécio & Marina ajudaram a eleger Dilma |

É importante lembrar que os índices do resultado do primeiro turno, fornecidos pelo TSE, englobam os votos válidos (excluindo os brancos e nulos) com este resultado:

Dilma	41,59%
Aécio	33,55%
Marina	21,32%

Nas pesquisas do DataFolha, os índices consideram a totalidade das intenções de voto. Usando-se o mesmo critério das pesquisas, as votações no primeiro turno ficariam assim:

Dilma	37,57%
Aécio	30,31%
Marina	19,26%

É importante salientar que para nós "pesquisa boa é a pesquisa séria." No final do primeiro turno os dois principais institutos de pesquisas, Ibope e DataFolha, sofreram críticas de todos os lados, quanto à credibilidade e eficiência de seus serviços. Tanto foi que, Marcia Cavallari, CEO do Ibope e Mauro Paulino, Diretor Geral do DataFolha tiveram que rebater as acusações com a responsabilidade que os cargos lhes dão: pesquisas quantitativas detectam a intenção e não a radiografia exata daquilo que o eleitor deseja fazer.

Elas não são declarações de futurologia. Pelo contrário, são estudos de amostragens feitos em determinado momento que captam o sentido da opinião pública.

Mais sensíveis ainda são as pesquisas de intenção de voto, em pleno momento eleitoral, pois podem sofrer influências diárias de todo o universo do campo que está sendo pesquisado: propaganda, imprensa, comentários no supermercado, redes sociais etc.

Por isso, nós, profissionais de *marketing* político, nos últimos dias das eleições costumamos ter estudos quantitativos diários.

Então o que aconteceu no primeiro turno? Por que os institutos não detectaram Aécio com cerca de 30%, Marina com seus 20%? Por que os dois institutos davam empate técnico entre os dois?

Porque os dois institutos estavam detectando a tendência positiva de Aécio, a tendência negativa de Marina e a liderança de Dilma. Nos últimos instantes essas tendências se acentuaram.

A pesquisa é uma das ferramentas mais importantes do *marketing* político. Vale dizer pesquisa bem-feita, com amostragem e números verdadeiros.

O que acontece é que, nesse momento de qualquer eleição todos, do candidato ao eleitor, sentem necessidade de ver números de pesquisa. Pouco lugares no mundo têm tanta pesquisa como o Brasil, principalmente em ano de eleição municipal.

A associação comercial da cidade contrata uma, o empresário que quer apoiar esse ou aquele candidato contrata outra, o presidente do partido uma outra e por aí vai.

Uma das funções do consultor em *marketing* político é escolher, com a coordenação da campanha, o(s) instituto(s) de pesquisas com os quais a campanha vai trabalhar.

Nessas horas, experiência, profissionalismo e competência dos envolvidos são colocados em xeque. Não se pode levar para o público qualquer número a qualquer preço. Isso é coisa de principiante ou de marqueteiro irresponsável.

3. Acompanhamento da intenção de voto no segundo turno

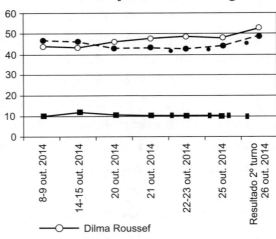

Fonte: Pesquisa DataFolha – intenção de votos e resultado do segundo turno

Embora estivessem praticamente o tempo todo em empate técnico, Aécio largou na frente, capitalizando todo o sentimento oposicionista. Mas sua campanha não foi capaz de sustentar essa posição de liderança. Resultado esperado, já que, um dia antes da eleição o DataFolha previu Dilma 52% *versus* Aécio 48% dos votos válidos.

Resultado oficial:

Dilma – 54.501.155 votos – 51,64%
Aécio – 51.041.155 votos – 49,23%

Reelegeu-se uma candidata com votação cerca de dez pontos acima da aprovação do seu governo.

Apêndices do texto

Lula/2002: esperança e decepção

Como cidadão brasileiro isento de paixões partidárias, confesso que senti um clima de esperança. Acima de qualquer outro sentimento, quero, torço e me proponho a ajudar meu país a dar certo.

O presidente vinha com toda a força, nos braços do povo. Quem sabe tivesse ele condições para fazer as reformas que o Brasil precisa, a começar pela reforma política (que tenho chamado de mãe de todas as reformas) e embutida nela a reforma partidária? Quem sabe pudesse melhorar a vida dessa legião de párias, desempregados e desesperados que povoam nossas ruas? Quem sabe, ao lado de uma política econômica eficiente, pudesse estabelecer uma política de desenvolvimento e de progresso para todos? Quem sabe...

Mas aí comecei a ver, desde as primeiras nomeações, a substituição da competência técnica pelo partidarismo político. Os conchavos políticos no lugar da ética. A prepotência assumindo o espaço da razão. Foi tudo muito rápido.

Com cinco meses de governo, numa reunião da diretoria da Força Sindical, com a presença de Paulinho e de cerca de oitenta dirigentes, ignorei as pesquisas que jogavam a aprovação presidencial a índices exponenciais e declarei:

— O governo Lula pode não dar certo!

Infelizmente, concluí. Apresentei todo o meu raciocínio e sugeri que a Força Sindical adotasse postura crítica, melhor maneira de subsistir e, principalmente, de ajudar os trabalhadores e o próprio Brasil.

| De como Aécio & Marina ajudaram a eleger Dilma |

Dias depois repeti a afirmação numa palestra em Manaus, no seminário anual da Unale (União Nacional dos Legisladores e Legislativos Estaduais). Estavam presentes deputados estaduais de todo o Brasil, e a minha afirmação, antes de ser crítica, foi feita como alerta. Não adiantou. Um grupo de parlamentares petistas começou a gritar, interrompendo minha fala antes do debate final, com as perguntas dos assistentes. Davam socos no ar, xingavam, uivavam palavras de ordem... um caos.

Olhando aquela triste cena, enquanto o mediador tentava acalmar os ânimos para que a palestra continuasse, pensei em silêncio: "Com esse PT, o governo Lula tem tudo para não dar certo, mesmo!".

O *marketing* político desvirtuado

Em entrevista ao jornalista Alberto Bombig da revista *Época* em 16/05/2014 – "A internet presta um desserviço ao debate político" – Chico Santa Rita mostra como é feito esse desserviço, critica a venda de ilusões nas campanhas e apresenta um panorama do momento pré-eleitoral.

Veterano do *marketing* político no Brasil, o jornalista e publicitário Chico Santa Rita, de 74 anos de idade e 38 de profissão — com serviços prestados a nomes como Mário Covas e Ulysses Guimarães —, diz que a atual geração de colegas se dedica a "vender ilusão" e a "enganar as pessoas". Santa Rita acaba de lançar *Batalha final* (editora Pontes), último livro de uma trilogia sobre campanhas eleitorais. Ele critica a forma como o PSDB, desde 2002, tentou esconder o ex-presidente **Fernando Henrique Cardoso**. Para ele, a influência da internet no debate eleitoral do país é ruim. "Os partidos montam equipes de internet que não têm outra função que não seja difamar adversários."

ÉPOCA – Em outubro do ano passado, o marqueteiro João Santana disse à ÉPOCA, sobre a presidente Dilma Rousseff: "Dilma ganhará no primeiro turno, em 2014, porque ocorrerá uma antropofagia de anões. Eles vão se comer, lá embaixo, e ela, sobranceira, planará no Olimpo". Não é o que mostrou a mais recente pesquisa do DataFolha, segundo a qual cresceu a possibilidade de haver segundo turno. O que aconteceu?

Chico Santa Rita – Quando li a previsão de Santana naquele momento, sabia que ele estava errado. Em primeiro lugar, isso que ele fez não é *marketing* político, está mais para pitonisa ou exercício de adivinhação. Condeno atitudes como essa, porque isso é vender ilusão, e o *marketing* político não deve se prestar a isso, a enganar as pessoas. As pesquisas, desde aquele momento, em outubro do ano passado, mostram que a quantidade de eleitores indecisos ainda é grande, que muitos querem mudanças. Mostram que o governo náo é táo bem avaliado quanto eles imaginaram. Quando você é candidato do governo, caso de Dilma, o eleitor só quer saber se a gestáo dela é boa ou ruim, e o atual mandato de Dilma está longe de ser bom. Portanto, avalio que o PT tem muito com que se preocupar nas próximas eleiçóes, seja com Dilma ou até mesmo com o ex-presidente (Luiz Inácio) Lula (da Silva) como candidato.

ÉPOCA – O senhor trabalha na área da propaganda política há quase quarenta anos. O que mudou nesse tempo?

Santa Rita – Houve um desvirtuamento do *marketing* político. Tentaram vender que ele cria situaçóes e muda a realidade. É preciso trabalhar com a verdade, com um discurso político, náo com a fantasia. Os eleitores, no entanto, estáo cada vez mais preparados, espertos. Pensam mais e decidem mais tarde. Nesse sentido, o *marketing* político, que teve um certo desvirtuamento, está voltando a trabalhar com a realidade e a verdade. Há também, é claro, um despreparo, em geral, dos homens públicos brasileiros.

ÉPOCA – Na pré-campanha deste ano, Aécio Neves (PSDB) tem mostrado as realizaçóes e o legado do ex-presidente Fernando Henrique Cardoso, diferentemente do que fizeram José Serra (em 2002 e 2010) e Geraldo Alckmin (2006). O senhor concorda com a postura de Aécio?

Santa Rita – Sim, até porque a campanha de Serra, em 2002, é um exemplo negativo de *marketing* político. Ela náo deu importância ao discurso, ao debate político e deixou FHC fora, um governante que havia conquistado avanços importantes para o Brasil. Um erro grave, que custou muitas derrotas ao PSDB. Em 2006, no auge do escândalo do mensaláo, a campanha de Alckmin optou por mostrar obras dele em Sáo Paulo. Obra por obra, Lula tinha feito mais. Naquele momento, o tom daquela eleição deveria ter sido a ética e a moral na política, não obreiro. Ali, naquele momento, o PSDB perdeu outra oportunidade. É preciso entender que não é produtor de televisão quem faz *marketing* político. Não é computação gráfica, nem imagens bonitinhas.

ÉPOCA – Qual sua análise sobre o episódio do mensalão no primeiro governo Lula?

Santa Rita – No início deste ano, não pretendia mais trabalhar em campanhas e escrevi um livro chamado *Batalha final*. Já tinha fechado um ciclo nesses 38 anos de *marketing* político e dado minha contribuição. Quando Lula foi eleito, em 2002, imaginei que o discurso ético do PT fosse guiar o governo dele. Mas não. Veio o mensalão em 2005, e hoje vejo o país numa situação muito ruim em todos aspectos, não apenas moral. Por causa disso, no início do ano, cheguei a pensar em fazer uma em fazer uma campanha que fosse "Campos e Aécio, vote em quem tiver mais condições de ganhar do PT".

ÉPOCA – Mas o senhor mudou de posição. Aceitou fazer uma campanha no Distrito Federal, não?

Santa Rita – Sim, porque comecei a lembrar meu pai, para quem o Brasil era o país do futuro. Percebi que esse futuro ainda está muito distante e que eu ainda poderia dar mais alguma contribuição. Nosso país está numa situação muito ruim, complicada no aspecto moral e econômico, como disse. Por isso, acabei mudando de ideia e aceitei trabalhar na campanha do PSDB no Distrito Federal.

ÉPOCA – Como o senhor vê a pré-candidatura de Eduardo Campos (PSB) a presidente, com Marina Silva de vice?

Santa Rita – Campos quer fazer a união dos contrários ao estar com Marina. Eles acabarão discutindo mais entre si que com os adversários. Uma das razões de uma campanha eleitoral é demonstrar união em torno de propostas e princípios. É o que o eleitor espera. Na aliança entre Campos e Marina, há uma mal disfarçada contrariedade. Hoje, Aécio Neves, candidato do PSDB, está mais preparado para derrotar o PT que Campos e Marina. Aécio escolheu um caminho, parou de brigar com Serra e começa a apresentar um discurso para o país.

ÉPOCA – Por que o *marketing* político ficou tão caro?

Santa Rita – O que é caro na campanha são os acordos políticos. Muitos partidos e muitos políticos estão sobre o balcão, à venda. Isso torna tudo ruim e caro. Precisamos de uma reforma política urgentemente. Há deformidades graves na lei eleitoral brasileira. Neste momento, a presidente Dilma usa e abusa dos meios de comunicação. A lei deveria vetar isso. Não sou contra a reeleição, mas sou contra a reeleição com o governante no poder. As multas impostas pela justiça por causa das campanhas antecipadas são quase ridículas perto do preço de um comercial no *Jornal Nacional.*

ÉPOCA – Qual o impacto da internet nas campanhas políticas e na propaganda dos candidatos?

Santa Rita – Cometeu-se um erro grande no Brasil quando todos acharam que a primeira vitória de Obama, nos Estados Unidos, tinha se dado em razão da internet. Ela teve papel mobilizador, não catalisador de votos. Hoje, no Brasil, a internet perde credibilidade por causa dos excessos cometidos. O sujeito entra na rede e escreve os maiores absurdos, os partidos cuidam de montar equipes de internet que não têm outra função que não seja difamar adversários. A internet acaba prestando um desserviço ao debate político no Brasil.

ÉPOCA – Qual o impacto da Copa do Mundo nas eleições deste ano?

Santa Rita – Gastou-se muito dinheiro com esta Copa, e as pessoas estão preocupadas com isso. Se o Brasil ganhar, não será obra do governo. Se o Brasil perder, o sentimento de desperdício e falta de moralidade pode se transformar em impacto negativo.

ÉPOCA – O governo errou no trabalho de comunicação em relação à Copa? Porque um evento desse porte é sempre visto como um ativo, não como problema.

Santa Rita – O erro foi a formatação do evento. A Fifa não pediu para fazer a Copa no Brasil. A realização da Copa é uma responsabilidade grande demais, que não sei se tínhamos condição de bancar.

ÉPOCA – Após vencer com Dilma e com Fernando Haddad, o ex-presidente Lula ganhou a fama de eleger até um poste. O senhor concorda?

Santa Rita – Isso é a fantasia de que falo. Lula só elege um poste quando as campanhas dos adversários são verdadeiros postes, como foram as de José Serra, em 2010 e 2012, e a de Celso Russomanno, em 2012. Foram a falta de consistência de Russomanno e as campanhas erráticas de Serra que facilitaram a vida do PT. Não é verdade que Lula elege até um poste. É possível neutralizar a influência dele ou de qualquer outro padrinho com campanhas eficientes e verdadeiras. Transferência de votos não é algo tão automático quanto imaginam.

ÉPOCA – O senhor trabalhou com políticos importantes do passado, como Mário Covas (morto em 2001) e Ulysses Guimarães (morto em 1992). Os políticos mudaram muito?

Santa Rita – Havia mais seriedade na política. Hoje, há uma necessidade maior da vitória entre os políticos, uma necessidade de eleger este ou aquele a qualquer custo.

2010: A tentativa de ajudar Marina

A íntegra dessa história, reproduzida aqui, está no livro *Batalha final*, nas páginas 248 a 253.

No início de julho de 2010, fomos convidados para uma reunião na sede do PV, em São Paulo. Presentes: Maurício Brusadin (presidente estadual do partido), Osvaldo Ceoldo (Secretário de Planejamento Estratégico) e Rogério Menezes (membro da Executiva estadual e candidato a vice-governador).

"Eles estavam preocupados com a campanha da Marina, que já estava em fase de elaboração e aprovação pela equipe dela."

A base era uma peça com a foto com efeito de "solarização", meio estilo Andy Warhol que só identificava que o rosto era da candidata para quem a conhecia muito bem. O nome dela em letras pequenas e, em letras bem grandes, os *slogans* das duas alternativas, ocupando cerca de 60% do espaço:

SEJA + 1
EU SOU + 1
"Juntos pelo Brasil que queremos" – em letras miúdas.

O grupo todo não tinha gostado do material, mas as pessoas não sabiam explicar por quê. O que eu achava disso? Vocês querem saber mesmo?

— Uma porcaria! É coisa de intelectual, que não entende de povo.

E detalhei a explicação: "Seja + 1" é ordem imperativa, como se as pessoas tivessem a obrigação de se juntarem ao grupo. Faz uma individualização aparente, mas, no fundo transmite uma ideia de manada, em que a pessoa será apenas "mais uma". E afinal, o que quer dizer "Seja + 1"? Mais um o quê? Para que ser mais um? Por que ser mais um?

"Eu sou + 1" é egocentrismo puro. Quer dizer o quê? Entrei na turma? Mas que turma é essa? Está mais perto de ser uma manifestação preconceituosa do tipo "EU sou diferente" — e melhor — do que vocês, cambada de beócios que são "menos 1".

| De como Aécio & Marina ajudaram a eleger Dilma |

E, afinal, qual é esse Brasil que, pretensiosamente, juntos nós queremos? Onde ele está descrito e especificado? Ah, sim, faltava um pequeno adendo informando que para conhecer todas as respostas seria preciso ler as 42 páginas das "Diretrizes de Governo" colocadas na internet e em permanente evolução, já que se pedia a colaboração dos internautas. Muito democrático, não é? Mas absolutamente ineficiente quando se sabe que a população em geral quer que o governante lhe apresente seu plano de governo ... pronto! Essa participação popular pode – e deve – ser feita antes de apresenta-lo à Nação.

Meu desabafo trouxe um grande silêncio à sala:

— Pensem nessas mensagens herméticas, vistas e lidas pela dona Maria e o seu José lá na periferia do Rio, lá no sertão de Pernambuco, lá na beira de um córrego transbordante de São Paulo.

Em síntese, na minha avaliação os *slogans* não tinham nenhum apelo popular, só falavam para uma extrema minoria de brasileiros, pessoas com certo grau de cultura, esquecendo um mundaréu de iletrados, a maioria. No fundo, só tinham significado para quem de algum modo já estivesse ligado na "ideologia verde", com propensão intrínseca a ser mais um. Ou seja, olhava (com admiração) para o próprio umbigo.

As peças de Edson Giriboni e Rita Passos serviriam de exemplo e de referência. Na opinião geral eram claras, objetivas, fortes. Mostravam a essência do *marketing* político, nessa batalha onde tenho me enfronhado nos últimos trinta e tantos anos, apontando a diferença entre produto e candidato, entre propaganda e comunicação política — mensagens que são vistas de forma diferente pelas pessoas.

Conclusão da reunião: pediram-me para criar uma alternativa, que seria apresentada oportunamente ao "pessoal da Marina" — sempre se usou essa expressão, estabelecendo que ela e sua turma compunham um corpo à parte, dentro do universo partidário.

Aproveitando a oportunidade, também pediram para criar uma linha de campanha para Fábio Feldmann, candidato a governador, que até aquele momento não tinha nada, absolutamente nada sendo preparado na área de comunicação.

Pedi entre três e cinco dias de prazo e convoquei uma reunião de emergência, ainda naquela noite, com a minha equipe de criação, que vibrou muito com a oportunidade que se abria.

Largamos tudo que havia na nossa linha de produção e mãos à obra: havia uma missão muito especial a ser cumprida... e foi. No prazo estipulado apresentei algumas ideias óbvias, mais linhas de ação do que *slogans*. E uma marca que foi unanimidade entre toda a equipe de criação e mais alguns *experts* no assunto, para quem mostrei o material, certificando-me que era bom. Sob uma variação estilizada da bandeira brasileira, o nome dela cobria o "Ordem e Progresso" com letras grandes e embaixo vinha a palavra de ordem:

MARINA FAZ BEM

Não tínhamos a foto oficial, mas a prancha que mostramos modelava corretamente o espírito da campanha. Mostrei sem dar nenhuma explicação e todos entenderam imediatamente a força da mensagem.

Depois vieram as justificativas: por que Marina faz bem?

"Fazer" é uma ação forte. "Bem" é um advérbio de sentido amplo. A junção é a síntese do que as pessoas esperam dos seus governantes: FAZER BEM, com honestidade, com trabalho, com seriedade.

Do ponto de vista executivo-administrativo, a candidata mostrava uma história em que sempre **faz bem** as suas funções, como pessoa humilde que cresceu, como líder política, como senadora e como ministra. Tinha experiência, vida limpa, presença nacional e internacional, uma equipe de grande competência, a começar do vice, Guilherme Leal, empresário bem-sucedido.

Do ponto de vista pessoal-emocional, sua presença suave **faz bem** para as pessoas, dá bem-estar, tranquilidade, é simpática, agradável. No momento em que a campanha pegaria fogo (era certo que isso iria acontecer), ela se diferenciaria dos seus adversários: Serra com seu mau humor mal disfarçado, Dilma com cara e jeito de sargentona, os dois trocando rasteiras e sopapos. E Marina, com suavidade e firmeza, mostrando-se a alternativa de quem é e do que **faz bem**.

A comunicação dela tinha que ser direta e muito forte, para compensar o tempo escasso de que ela disporia no rádio e na TV, vítima de uma (entre tantas) distorções da legislação eleitoral. No início de maio, expliquei essa situação no meu *blog*, em um texto que foi amplamente reproduzido na rede social no Movimento Marina Silva*.

---

* Artigo publicado originalmente no blog www.chicosantarita/wordpress.com em 6 de maio de 2010 e distribuído pela rede do PV.

O tempo de TV roubado de Marina Silva

Sabe-se de antemão que a candidata Marina Silva terá um tempo na TV muito pequeno, no horário de propaganda eleitoral, pois não conta com a fartura das coligações partidárias que seus dois adversários ostentam. Segundo reportagem da Folha de S.Paulo (27/04/2010 – pág. A-4 — "Aliança dá a Dilma tempo na TV 48% maior que o de Serra") estima-se que o tempo dela seja de cerca de um minuto, contra oito ou dez vezes mais dos outros. E assim deverá ser mesmo, com pequenas variações na casa dos segundos.

Se isso é insuficiente para qualquer candidato a cargo majoritário, no caso dela a situação se agrava pelo elevado índice de desconhecimento que ainda apresenta, sempre próximo de 50% nas várias pesquisas. Terá que ser apresentada a milhões de eleitores que simplesmente não sabem da sua existência, do seu passado, da sua luta, das suas mensagens, do seu programa de governo. Impossível mostrar isso com consistência nesses exíguos momentos.

Pior ainda: esse tempo é calculado para o bloco do Horário Político, que enfileira a apresentação dos candidatos, um após o outro. Mas também vale para se calcular a quantidade de comerciais que são inseridos no meio da programação, ao correr do dia. Assim, Marina deverá ter algo como dois comerciais de trinta segundos cada, espalhados numa programação de vinte e quatro horas, enquanto seus adversários contarão com cerca de trinta e cinco a quarenta inserções. É avassalador.

O que é escandaloso é que esse pouco tempo de TV não ocorre apenas por conta do tamanho do Partido Verde. Há também uma aberração da lei eleitoral que acaba permitindo uma mutreta esperta engendrada nos porões dos grandes partidos.

Tenho mostrado repetidas vezes, em palestras e artigos na grande imprensa, que a lei eleitoral é uma colcha de retalhos mal costurados,

De como Aécio & Marina ajudaram a eleger Dilma

corroídos pelas traças da incompetência legislativa brasileira. Uma das falhas mais gritantes é a permissividade com que trata dezenas de minúsculas agremiações partidárias, línguas de aluguel vendidas nos balcões espúrios da política apequenada.

Pois são esses "partidos" que agora são usados para diminuir ao extremo o tempo que poderia ser usado pela candidata do PV. Isso acontece porque o espaço ocupado na TV pelos candidatos é dividido de duas maneiras: dois terços proporcionalmente ao número de deputados eleitos anteriormente; um terço dividido por igual entre os candidatos que concorrerão ao cargo. É aritmética pura: se fossem apenas três ou quatro candidatos, a divisão igualitária daria perto de três minutos para cada um. A eles se somaria o tempo partidário na proporcionalidade acima descrita. Mesmo sem alterar os tempos maiores de Serra e Dilma, Marina ficaria com três ou quatro minutos, mais que suficientes para fazer sua apresentação, forçar um amplo debate político e, certamente, influenciar o andamento e o desfecho desta eleição.

Para que isso não ocorra, dando real competitividade à candidata verde, movimentam-se petistas aloprados de um lado, com tucanos desgarrados do outro, incentivando pequenos partidos a lançarem candidatos presidenciais, mediante módicos agrados financeiros, claro. Acabará sendo uma campanha com um elenco de dúzia para mais de personagens obtusos, ofuscando o debate político com seu besteirol primário, na tentativa de emparedar Marina entre eles, de forma que só apareçam, aos olhos desatentos da população, os dois polarizados.

Não dá para dizer quem vai ganhar. Mas é fácil perceber quem vai perder: é a democracia brasileira.

Na mesma reunião também entreguei alguns estudos de *slogans* e marcas para Walter Feldman, retomando a intenção já manifestada pessoalmente a ele:

— Estou disposto a ajudar.

No material dele a gente destacava o nome em verde, com uma folha de vegetação no meio da letra "D" e uma mensagem escrita nas cores tradicionais do estado: letras pretas, com o "SP" em vermelho. Ver no site www.chicosantarita.com.br/livros/batalhafinal/

ESPERANÇA

Não cobrei nada, não se falou em dinheiro, não era essa minha intenção. Apenas tentei colaborar, mais uma vez.

Deixei as marcas e *slogans* com eles. Não soube se o material foi apresentado a ela ou ao "pessoal dela". Não soube se o Feldman tomou conhecimento do que propus para a campanha dele. O que sei é o que vi: Marina insistindo no "+ 1" e o candidato a governador falando para as paredes, sem nenhuma mensagem forte.

Relembrando esses momentos fico impressionado com os resquícios de amadorismo e desprendimento que coloco no meu trabalho. De verdade, eu queria apenas ajudar a Marina e o PV.

Eleição 2006: A inevitável derrota de Alckmin

Artigo "Crônica de um
naufrágio anunciado", publicado na *Folha de S.Paulo* em
11 de setembro de 2006

Crônica de um naufrágio anunciado

Para quem conhece e convive com os meandros do *marketing* político a estagnação da candidatura Alckmin não trouxe grandes surpresas. Pelo contrário, era até previsível que o barco começasse a fazer água na reta final.

Dois ou três meses atrás, pude antecipar essa ocorrência e a apontei claramente a vários interlocutores com quem mantinha relações de trabalho ou contatos pessoais. Posso citar, entre eles, dirigentes do PMDB de Brasília e de Mato Grosso do Sul; políticos do PFL de São Paulo e do Rio Grande do Sul; líderes do próprio PSDB, como José Aníbal e os deputados federais Aloysio Nunes Ferreira (SP) e Yeda Crusius (RS).

Não só previ como expliquei o porquê. Na minha visão, a ausência de uma estratégia inicial clara, capaz de empolgar o eleitor e evoluir com o andamento da campanha, com certeza levaria a uma perda definitiva dos rumos mal traçados.

Os fatos que se seguiram só vieram confirmar esse diagnóstico. Surpreendido pelos ataques do PCC, faltou ao ex-governador de São Paulo atitude e discurso firmes, denunciando o grande responsável pela (in)segurança nacional: o governo federal, que jamais teve uma política séria e competente nessa área estratégica para o país como um todo.

Essa explosão tem causas e efeitos espalhados pelo Brasil inteiro, pelo tráfico de armas e drogas. Há um ano, na campanha do "Não" no referendo, mostramos o caos que se prenunciava pelo drástico corte de verbas federais destinadas aos estados.

Em seguida, quando o "companheiro" Evo Morales invadiu propriedades brasileiras na Bolívia, também não houve um repúdio firme com a atitude em si nem, especificamente, com a complacência vergonhosa do governo brasileiro.

| De como Aécio & Marina ajudaram a eleger Dilma |

Em ambos os casos, faltou a visão estratégica que desse ao candidato a verdadeira dimensão dos acontecimentos, de forma a encaixá-los como elementos de campanha. Já dava para vislumbrar o que viria a seguir. A nau tucana começava a navegar sem mão firme no leme e sem um especialista no cesto da gávea, vislumbrando as oportunidades de terra à vista.

Faltava, principalmente, um mapa de navegação. Um projeto global, algo como um grande "Pacto de Reconstrução Nacional", que começasse na pregação de moralizar o comportamento político, atacasse o uso exacerbado da lei de Gerson, apontasse soluções profiláticas de curto prazo, mas previsse também políticas estruturais de médio e longo alcance e, finalmente, aportasse numa plataforma de obras e realizações. Algo como um grande debate nacional que nos fizesse resgatar a autoestima, com a recuperação dos preceitos de moral e bons costumes tão desprezados nestes tempos obscuros em que a mais-valia da ignorância tenta prevalecer.

Nesse contexto, seria possível discutir, com propriedade, como o PT e seus líderes maiores conspurcaram a austeridade no comando da nação. Atacar o adversário agora, subir o tom, como querem alguns, apimentar o discurso, como pregam outros, vai parecer, perante os olhos simplistas da população, uma agressão oportunista no desespero da derrota.

O que se vê hoje, na televisão, é muito semelhante à programação que foi ao ar na campanha de reeleição do governador, quatro anos atrás — um obrismo provinciano, que nos remete aos famigerados tempos do "Maluf fez, Maluf faz, Maluf vai fazer muito mais", só trocando o nome do candidato por Alckmin (ou Geraldo, como querem os marqueteiros que só enxergam desimportâncias periféricas).

Na falta de estrategistas, os alquimistas do *marketing* político tucano basearam tudo na campanha eletrônica, que — diziam insistentemente

— tudo mudaria. Mais uma vez se comprova que não basta ter um programa de TV de qualidade técnica exemplar quando falta a ele o fio condutor de uma boa estratégia básica que comande e oriente as ações.

Como profissional da área, me surpreendo que esses desvãos do *marketing* político ainda possam acontecer numa campanha presidencial de tamanha envergadura. Como cidadão, lamento com tristeza.

A trilogia das batalhas eleitorais

Praticamente todas as questões importantes do *marketing* político brasileiro estão esmiuçadas nos três livros que publiquei anteriormente. São histórias e ensinamentos de todas as eleições brasileiras, desde 1976, após a redemocratização do país.

Batalhas eleitorais – **25 anos de *marketing* político/2001**

Fui um dos precursores do *marketing* político no Brasil, tendo comandado mais de 100 campanhas, em vinte e cinco anos de trabalho.

Neste livro ousado, polêmico e muito revelador conto os segredos e, principalmente, as estratégias que fizeram essas campanhas, em sua maior parte, vitoriosas.

Novas batalhas eleitorais – **O que o público não vê nas campanhas políticas/2008**

No referendo popular de 2005, que ficou conhecido como do "desarmamento", a vitória do "sim", que significava a proibição da venda de armas de fogo no Brasil, era considerada líquida e certa, uma grande "barbada". Uma campanha de impecável competência reverteu essa expectativa. Venceu o "não". Neste livro revelo, os bastidores dessa e de outras importantes campanhas eleitorais que participei.

Batalha final – **O *marketing* político levado às últimas consequências/2014**

Neste livro revelador, mostro como um candidato a governador, fortemente apoiado pelo presidente Lula foi derrotado. Exemplifico na prática, em dez campanhas municipais, a diversidade de atitudes e estratégias que cada trabalho impõe. Experimento a esculhambação generalizada das campanhas proporcionais.

INFORMAÇÕES SOBRE A
GERAÇÃO EDITORIAL

Para saber mais sobre os títulos e autores
da **GERAÇÃO EDITORIAL**,
visite o site www.geracaoeditorial.com.br
e curta as nossas redes sociais.

Além de informações sobre os próximos lançamentos,
você terá acesso a conteúdos exclusivos
e poderá participar de promoções e sorteios.

geracaoeditorial.com.br

/geracaoeditorial

@geracaobooks

@geracaoeditorial

Se quiser receber informações por e-mail,
basta se cadastrar diretamente no nosso site
ou enviar uma mensagem para
midias@geracaoeditorial.com.br

GERAÇÃO EDITORIAL

Rua Gomes Freire, 225 – Lapa
CEP: 05075-010 – São Paulo – SP
Telefax: (+ 55 11) 3256-4444
E-mail: geracaoeditorial@geracaoeditorial.com.br